谨以本书纪念挚友张伟先生

陈子善 著

梅川千字文

南京大学出版社

弁 言

本书是继《不日记》（一至四集）和《识小录》之后，我的第三种研读中国现代文学史的札记集。书中所收，均作于2020年1月至2022年6月，正值新冠疫情之时，故书名若题为《疫中千字文》，也未尝不可。

以极经济的篇幅，讨论中国现代文学史上某个鲜为人知或尚未弄清或悬而未决的具体问题，一直是我颇感兴趣并努力尝试的。前人已有《晦庵书话》这样的名著，我想除了谈书，还可以扩大范围，谈些别的。《梅川千字文》就是这类文字的结集，希望能对中国现代文学史研究的拓展与深入有所裨益，也希望读者能对中国现代文学史的广大天地产生新的兴趣、新的认知。

收入本书诸篇，均初刊于香港《明报·世纪》，文末一一注明发表时间。部分篇章后又刊于内地《文汇报·笔会》《新民晚报·夜光杯》《书城》《北京青年报·学术林》《今晚报·读吧》《济南日报》《南方文学评论》《苏州教育学院学报》《名作欣赏》等刊，谨此说明并致谢。本次结集又略加修订，并大致归类，分为七辑，以利于读者翻阅。

新冠疫情以来，所撰文字自然不止这些，稍长的论文、回忆录，关于巴金和古典音乐的千字文，拟另行编集，这也是应该加以说明的。

感谢张冠生兄和陈卓兄将此书纳入"斯文"丛书，感谢南京大学出版社出版此书。

2022 年 4 月 8 日，海上浦西疫情管控第八日
7 月 30 日改定

目录

辑一 周氏兄弟和达夫

1922 年的鲁迅与胡适	003
1923 年大年初二	007
鲁迅最后的春节	012
《鲁迅最后的春节》补遗	016
章衣萍记鲁迅	020
《叶灵凤日记》与鲁迅	024
《叶灵凤日记》与鲁迅(续)	028
略说周作人 1955 年日记	034
《叶灵凤日记》中的周作人	038
《叶灵凤日记》中的周作人(续)	042

郁达夫与安庆	046
从胡适与郁达夫的合影说起	050
胡适郁达夫又一合影及其他	054
郁达夫佚文《杂感一二》	058
《郁达夫选集》出版前后	062

辑二　新月社和骆驼社

"徐志摩拜年"	069
新见徐志摩致沈性仁函（上）	075
新见徐志摩致沈性仁函（下）	079
《济慈的夜莺歌》的追忆	083
《徐志摩寻人》失落之文	087
陈梦家再忆徐志摩	091
常玉画徐志摩像	095
邵洵美写常玉	099
关于北京骆驼社	103
《骆驼》种种	107
《骆驼》题签本及其他	111

《新生》"合卷"本　　　　　　　115

辑三　小说家言

李健吾的《坛子》　　　　　　121
曾虚白的《德妹》　　　　　　125
严独鹤编《快活林》　　　　　129
《鬼恋》第三版　　　　　　　133
赵清阁与冰心　　　　　　　　137
牛布衣的小说　　　　　　　　141
《汗把滥的五爷》　　　　　　145

辑四　散文家说

《东归随笔》　　　　　　　　151
《法国的歌谣》种种　　　　　155
现代作家的短序　　　　　　　159
钱锺书的《起居注》卷十四　　163
关于《浮世杂拾》　　　　　　167
名家自述处女作　　　　　　　171

邵燕祥的长跋 175
贺《叶灵凤日记》出版 179

辑五　诗坛点滴

珍本新诗集《忆》 185
于赓虞的诗 190
李金发与《唐豪瑟》 195
"诗怪"李金发的译著 199
朱湘和许地山的书 203
戴望舒诗集三种 207
《萧红墓畔口占》小考 212
《屋卡珊和尼各莱特》 216
《鹦哥》的周鍊霞白话诗 220
徐芳编《诗刊》 224
徐芳编《诗刊》（续） 228
赵景深说新诗 232
赵景深的《故园》序 236
新诗集《寻梦者》 240

常任侠编新诗选	244
关露的《寄给太阳》	248
李广田评刘荣恩（上）	252
李广田评刘荣恩（中）	256
李广田评刘荣恩（下）	260
禾金的诗	265

辑六　张爱玲新史料

《封锁》删节文字	271
张爱玲与《飞影阁画报》	275
《太太万岁》新史料	279
《太太万岁》说明书又一种	283
《十八春》新评论	287
《十八春》又一新评论	291
唐弢评张爱玲	295

辑七 译苑种种及其他

李青崖其人其译 301

张竞生译《卢骚忏悔录》 305

鹤西译《一朵红的红的玫瑰》 309

梁遇春译吉辛 313

从黎烈文签名本说起 317

林语堂译《猫与文学》 321

林语堂与老舍的声音 325

新发现的《小问题》 329

傅雷译《文明》 333

新见傅雷致刘英伦函 337

赵元任养猫 341

新文学蓝印本 345

《青年界》申请复刊登记书 349

辑一 周氏兄弟和达夫

1922年的鲁迅与胡适

整整一百年前的1922年,鲁迅与胡适都在北京。由于鲁迅1922年的日记在抗战中失落,这一年两人交往的记载,在鲁迅这方面阙如。幸好胡适和周作人等人的日记尚在,可以从中钩沉该年鲁迅(豫才)与胡适交往的许多有趣细节。

1922年2月27日胡适日记云:"到周启明家看盲诗人爱罗先诃。蔡先生请他星期演讲,要我翻译,故我去看他谈谈。……与豫才,启明谈。"胡适上午有课,还去探望病人,到周家已是下午,这天周作人日记云:"下午……适之来。"而在教育部上班的鲁迅下班回家才见胡适,他们一定谈得投机,胡适晚八时才赶到外国友人家晚饭。

同年3月5日下午三时，胡适又至周家访爱罗先珂，"请他把明天的演讲先说一遍"。周作人日记云："下午适之来。"这天周六，鲁迅应早归，胡适又与周氏兄弟畅谈，日记甚详：

> 与启明，豫才谈翻译问题。豫才深感现在创作文学的人太少，劝我多作文学。我没有文学的野心，只有偶然的文学冲动。我这几年太忙了，往往把许多文学的冲动错过了，很是可惜。将来必要在这一方面努一点力……

次日，爱罗先珂至北大演讲《世界语是什么和有什么》，胡适翻译。周作人日记云："上午同爱君至北大三院讲演。"胡适日记则写明他并不赞成世界语，这场翻译只是奉蔡元培之命的"唱戏"。当天中午宴聚，但胡适和周作人日记均失记。幸好也参加演讲会的钱玄同的日记明确记云："午前听爱罗先珂讲演《世界语及其文学》，适之翻译。午蔡先生宴爱氏，同座者为胡适、孙国璋、周豫才、幼渔、士远、我、启明诸人。"这天鲁迅与胡适又同席。

到了1922年8月11日上午,胡适演讲《国语教学的兴趣》毕,又去访周氏兄弟。这是胡适日记中关于周氏兄弟的记载最详细最有意思的一次:

> 讲演后,去看启明,久谈,在他家吃饭;饭后,豫才回来,又久谈。周氏兄弟最可爱,他们的天才都很高。豫才兼有赏鉴力与创造力,而启明的赏鉴力虽佳,创作较少。启明说,他的祖父是一个翰林,滑稽似豫才;一日,他谈及一个负恩的朋友,说他死后忽然梦中来见,身穿大毛的皮外套,对他说"今生不能报答你了,只好来生再图报答"。他接着谈下去:"我自从那回梦中见他以后,每回吃肉,总有点疑心。"这种滑稽,确有点像豫才。
>
> 豫才曾考一次,启明考三次,皆不曾中秀才,可怪。

该日,周作人日记很简单:"适之来,下午三时去。"实际上这天下午鲁迅与胡适还谈到《西游记》及其作者,因为 8 月 14 日鲁迅就致信胡适,"录奉"关于《西游记》作者事迹的材料"五纸",这在胡适该日日记中记得一清二楚。8 月 21 日,鲁迅又致胡适一函,一方面归还向胡适借阅的"同文局印之有关于《品花》考证之宝书",另一方面赞扬胡适《五十年来中国之文学》"大稿已经读讫,警辟之至,大快人心!"这两封鲁迅的信,胡适都粘贴在日记中。

此外,在许寿裳抄录的鲁迅《一九二二年日记断片》中还有 2 月 1 日"上午得胡适之信"和次日"午后寄胡适之信,并《小说史》稿一束"的记载。

因此,1922 年是目前已知鲁迅与胡适交流频繁、见面次数最多的一年。

2022 年 5 月 8 日

1923年大年初二

了解中国现代文学史的，恐怕都知道，鲁迅和周作人1923年7月失和，鲁迅随之迁出北京八道湾十一号寓所。因此，1923年春节是周氏兄弟一起度过的最后一个春节。

不妨先从那年元旦说起。当时民国废除旧历，过阳历年。1923年元旦，周氏兄弟共同在家中宴请友人。鲁迅日记云：

> 一月一日晴。休假。邀徐耀辰、张凤举、沈士远、尹默、孙伏园午餐。

周作人日记则云:

一月一日晴。上午招士远、尹默、凤举、耀辰、伏园吃杂煮汁粉。下午三时去。

两人日记所记几乎完全一致,周作人日记更为详细,连午餐吃些什么也记了,还记了这场欢聚"下午三时"始散,可见周氏兄弟和五位客人谈笑甚欢。

那么,到了旧历新年,又是怎样一番景象呢?该年除夕是2月15日,鲁迅当天日记简洁:"十五日晴。下午游小市。旧除夕也,夜爆竹大作,失眠。"这天周作人却很忙,日记云:"上午至北大收十一月分薪",再"往东单买物","又至邮局寄芸草堂函,金四十円,乔风函"等等,最后则记:"旧除夕晚,祭祖。"两相对照,很有趣。两人不约而同都写了"旧除夕",因民国废除了旧历新年。而且,周作人应也听到"爆竹大作",却未记,鲁迅不仅记了,还记了失眠。

大年初一，鲁迅日记仍很简单："十六日晴。休假。无事。"总共八个字而已。周作人日记则较具体，而且显示他仍在埋头工作："十六日晴。上午寄乔风函。为《燕大周刊》作文，下午了，即寄与熊佛西君。又寄孔德学校函。……"然而，更重要的活动是在大年初二。这天鲁迅日记云：

> 十七日晴。休假。午二弟邀郁达夫、张凤举、徐耀辰、沈士远、尹默、旣士饭，马幼渔、朱遏先亦至。谈至下午。

周作人日记这天则记云：

> 十七日晴。上午在家约友人茶话，到者达夫、凤举、耀辰、士远、尹默、兼士、幼渔、遏先等八人，下午四时散去。

两人的日记正可互相补充。这天周宅"茶话"迎新是周作人出面邀请，所到八位客人中，马幼渔、朱遢先应是不请自到。而这场茶话会一直持续到"下午四时"才结束,更可见高朋满座、逸兴遄飞之盛况。值得注意的是,鲁迅和周作人又不约而同地把郁达夫的名字写在首位,或可理解为郁达夫是这场聚会的主宾,其他七位早都是周家的常客了。

郁达夫这次到访八道湾,应是与鲁迅首次见面。他后来在《回忆鲁迅》中说,首次与鲁迅见面的"地方记得是在北平西城的砖塔胡同一间坐南朝北的小四合房子里",显然是误记,因为鲁迅迁居砖塔胡同61号已是该年7月兄弟失和以后的事。

不过,在这个大年初二之前,郁达夫已在2月11日拜访周作人,当天周作人日记云:"得郁达夫君函,即复。下午理发,郁君来访,赠《创造》一本。"这段日记有点含混,周作人下午"理发"去了,"郁君"来访到底见了没有?更令人费解的是,2月11日是星期天,鲁迅也休息在家,他的日记是"星期休息。上午制书帙二枚。下午贺慈章君引今关天彭君来谈",并未提及郁达夫来访一字。

但不管怎样,在2月17日这个1923年大年初二，鲁迅与郁达夫一见如故，从而开启了多年的交往和密切合作，可谓意义深远。

2020 年 1 月 19 日

鲁迅最后的春节

以前写过周氏兄弟与刘半农的1918丁巳年除夕和鲁迅、胡适、郁达夫、林语堂的1930庚午年春节。2021辛丑年来临之际,就再来写写鲁迅最后的春节。

1936丙子年春节是鲁迅的最后一个春节。鲁迅日记该年1月24日记得很简洁:"二十四日 阴历丙子元旦。雨。无事。晚雨雪。"丙子大年初一,从下雨到雨雪,有点煞风景。而鲁迅日记中一再出现的"无事",未必真的无事,有时反而有大事要事。但丙子大年初一这一天到底有没有事,已不可考。倒是从初二到初六,几乎天天有事了。

1月25日初二日记云:"下午张莹及其夫人来。

晚蕴如携阿玉、阿菩来，夜三弟来。"张莹是作家萧军别名，这个别名经常出现在鲁迅日记中。"张莹及其夫人来"，即萧军萧红夫妇初二来访。萧军萧红当时已在上海先后出版了"奴隶丛书"中的《八月的乡村》和《生死场》，风头正健，而这一切都与鲁迅的热情支持和帮助分不开，因此他们夫妇在年初二登门向恩师鲁迅拜年，理所当然。蕴如即王蕴如，鲁迅"三弟"周建人夫人。这天晚上，周建人一家向鲁迅拜年。有意思的是，王蕴如携女儿周晔（阿玉）和周瑾（阿菩）先到，周建人晚到，所以鲁迅日记才这样记。

1月26日初三日记云："午后魏女士来。下午张莹来。烈文来。"魏女士是奥地利人，中文名魏璐诗，当时在上海，入乡随俗，中国新年来向鲁迅拜年。萧军第二天又来，不知有什么事。还有《申报·自由谈》前主编、翻译家黎烈文也来，他当时与鲁迅往来密切，拜年自在情理之中。

1月27日初四日记又云"无事"。

1月28日初五日记中有一条很值得注意："下午

得《故事新编》平装及精装本各十本。"《故事新编》是鲁迅最后一本小说集，列为巴金主编的文化生活出版社"文学丛刊"第一集第二种出版。此书版权页署"一九三六年一月"初版，从日记可知鲁迅1月28日才收到样书。但鲁迅一定很高兴，因为这离他上一本著作《准风月谈》出版已时隔一年，此书也是鲁迅与巴金第二次成功的合作。

1月29日初六日记云："明甫来，饭后同访越之。晚河清来并携赠'文学丛刊'六种，即邀之往陶陶居夜饭，兼邀胡风、周文二君，广平亦携海婴去。"

这一天鲁迅很忙。上午茅盾（明甫）来拜年，共进午餐后一同访胡愈之（越之）。胡愈之是鲁迅在绍兴府中学堂执教时的学生，当时在上海从事秘密工作。鲁迅与茅盾在新春佳节里同访他，想必不是单纯拜年那么简单。这也是鲁迅与胡愈之最后一次见面。

晚上先是黄源（河清）来访，所赠"文学丛刊"第一集首批六种应是巴金托为转交的，很可能是巴金《神·鬼·人》、沈从文《八骏图》、茅盾《路》、吴组缃《饭余集》、张天翼《团圆》和鲁彦《雀鼠集》，现均存鲁迅藏书中。然后鲁迅全家与黄源、胡风、周文一起晚宴,席间鲁迅调解因《文学》主编傅东华在《文学》1935年12月号发表周文小说《山坡上》时删去其中"盘肠大战"描写而引起的作者不满。后来黄源在《鲁迅先生二三事》中回忆此事道:"我们在这小饭店里,六个人围着一张小圆桌坐下来,边喝酒边谈。"

这就是鲁迅过的最后一个春节。

2021年2月14日

《鲁迅最后的春节》补遗

上周写《鲁迅最后的春节》,意犹未尽,应作两个重要补充。

首先,1936年1月28日初五,鲁迅当天日记未记一事,即他在该日完成五千余言长文《〈凯绥·珂勒惠支版画选集〉序目》,有文末落款时间为证。这是他在最后一个春节期间完成的唯一文章。对德国女版画家珂勒惠支,鲁迅一直钦佩,认为"在女性艺术家中,震动了艺术界的,现代几乎无出于凯绥·珂勒惠友之上"。为珂勒惠支编选作品集,是鲁迅多年的心愿,而今终于编竣。《选集》于当年5月以"三闲书屋"名义印行。

其次，也是更重要的，1月29日初六，鲁迅与明甫（茅盾）"同访越之"（胡愈之）。我在上文中推测此次同访"恐不是单纯拜年那么简单"，果不其然。胡愈之1972年12月25日在北京鲁迅博物馆举行的座谈会上对此有过专门的回忆：

> 一九三六年阴历年初，我从香港到上海，转告苏联邀请鲁迅去休养的建议。……我在香港时，有关同志要我秘密回上海，转达莫斯科的邀请，并帮助鲁迅买船票去香港，到了香港后即由党负责送到莫斯科。这件事完全是由党办的，外面从未泄露过。鲁迅也从未告诉人。……
>
> 我到上海在北四川路一家饭馆约鲁迅见面，把苏联的邀请告诉他，并把去莫斯科的交通情况也说了。他说："很感谢苏联朋友的好意，但是我不去。苏联朋友关心我无非为了我需要养病；另外国民党想搞我，处境有危险，到苏联安全。但我的想法不一样，我五十多岁了，人总要死的，死了也不算短命，病也没那么危险。我在上

海住惯了,离开有困难。另外我在这儿,还要斗争,还有任务,去苏联就完不成我的任务。敌人是搞不掉我的。这场斗争看来我胜利了,他们失败了。他们对我没有别的办法,只有把我抓去杀掉,但我看还不会,因为我老了,杀掉我,对我没有什么损失,他们却损失不小,要负很大责任。敌人一天不杀我,我可以拿笔杆子斗一天。我不怕敌人,敌人怕我。我离开上海去莫斯科,只会使敌人高兴。请转告苏联朋友,谢谢他们的好意,我还是不去。"

我只和鲁迅谈了这么一次。我知道鲁迅是坚决不去苏联的,所以不再找他谈,就回了香港。

胡愈之这段回忆是在 1970 年代内地的特殊语境下说的,但他的回忆一开头就点明时间"一九三六年阴历年初"却是个关键线索。这年"阴历年初",鲁迅日记只记了年初六下午与茅盾"同访越之",而胡愈之也说了当时"我只和鲁迅谈了这么一次",那么,这唯一的一次"阴历年初"两人见面应该就是年初六

"同访越之"这一次了。尽管鲁迅未写明在何处"同访",而胡愈之则回忆在"北四川路一家饭馆约鲁迅见面"。很可能那天上午茅盾到鲁迅家拜年就是受胡愈之之托约鲁迅下午见面。茅盾在 1940 年 10 月写的《纪念鲁迅先生》中写了史沫特莱曾劝说鲁迅赴苏休养之后,也曾回忆"1936 年 1 月,为这问题(指劝说鲁迅赴苏——笔者注),争论了好几次,凡知此事者,都劝过鲁迅"。只不过茅盾未提及胡愈之而已,也许是故意隐去胡之大名也未可知。

鲁迅不愿赴苏是他晚年的一件大事。否则,中国现代文学史就与现在不一样了。

2021 年 2 月 21 日

章衣萍记鲁迅

章衣萍是鲁迅青年朋友中比较特别的一位。1924年9月28日鲁迅日记云:"午后吴冕藻、章洪熙、孙伏园来。""洪熙"是章衣萍之名。这天正好周末,四人一定畅谈一个下午。这是章衣萍与鲁迅订交之始,孙伏园当为介绍人。此后,章衣萍或单独或仍偕孙伏园经常拜访鲁迅,熟悉了还带上女友吴曙天,吴曙天曾写《访鲁迅先生》(收入散文集《断片的回忆》,1927年6月上海北新书局初版)。次年是章衣萍与鲁迅来往最多的一年,甚至一个月有十多次,鲁迅还回访。他俩同为《语丝》杂志的重要作者。

鲁迅定居上海,章衣萍恰在上海暨南大学执教,两人仍有不少互动。鲁迅1927年12月21日在暨南大学演讲《文艺与政治的歧途》，章衣萍应在场，因演讲中说到"文学家感觉灵敏了一点"时，举出"今天衣萍先生穿了皮袍"如何如何为例。鲁迅还赠其所编《近代木刻选集（2）》。特别是1929年9月28日晚北新书局老板李小峰宴请，鲁迅与林语堂当场发生争执，章衣萍夫妇也在座。同年10月26日海婴满月前夕，章衣萍夫妇也到鲁寓致贺。不料1930年1月6日鲁迅日记云："晚章衣萍来，不见。"尽管当月31日日记还有一次"衣萍、曙天来"的记载，但两人的关系从此画上了句号。

章衣萍一生著述颇丰，最有名的莫过于短篇小说集《情书一束》和仿《世说新语》笔法的《枕上随笔》（1929年6月北新书局初版），后者用短小精悍的语录体记述文人轶事、文坛趣闻，以及作者对师友的议论和人生观感。书中最有名的一句话是"懒人的春天哪！我连女人的屁股都懒得去摸了！"出版后引起轩然大波。鲁迅藏有《枕上随笔》，后来作《教授杂咏》五绝四首，其中第三首就是影射章衣萍的：

"世界有文学,少女多丰臀。"

继《枕上随笔》之后,章衣萍又出版了《窗下随笔》(1929年12月北新书局版)。但他的"随笔"系列版次有点复杂。1933年2月上海神州国光社初版他的《随笔三种》,包括《枕上随笔》《窗下随笔》和《风中随笔》。1934年1月,《随笔三种》改由上海现代书局初版。不过,在《随笔三种》中,《枕上随笔》里的那句名言已被删去。

章衣萍没有记鲁迅的专文,但以他一度与鲁迅关系那么密切,不可能不写到鲁迅。果然,《枕上随笔》中第一则就写鲁迅,生动而有趣:

> 壁虎有毒,俗称五毒之一。但,我们的鲁迅先生,却说壁虎无毒。有一天,他对我说:"壁虎无毒,有毒是人们冤枉他的。"后来,我把这话告诉孙伏园。伏园说:"鲁迅岂但替壁虎辩护而已,他住在绍兴会馆的时候,并且养过壁虎的。据说,将壁虎养在一个小盒里,天天拿东西去喂。"

不但如此，书中还有好几则写到鲁迅，同样令人莞尔，不妨再举二例：

  鲁迅先生在上海街上走着，一个挑着担沿门剃头的人，望望鲁迅，说："你剃头不剃头？"

  鲁迅先生的母亲，周老太太，喜读章回小说，旧小说几乎无书不读，新小说则喜李涵秋的《广陵潮》，杂志则喜欢《红玫瑰》。一天，周老太太同鲁迅先生说："人家都说你的《呐喊》做的好，你拿来我看看如何？"及看毕，说："我看也没有什么好！"（孙伏园说）

2020 年 4 月 12 日

《叶灵凤日记》与鲁迅

1920年代末至1930年代初的中国新文坛上,鲁迅与叶灵凤多次笔战。起因大概是1928年5月《战线》第1卷第2期发表了叶灵凤画的一幅"躲在酒缸后面的""阴阳脸的老人"鲁迅的漫画像,引起鲁迅的不满,反唇相讥叶灵凤和潘汉年为"年青貌美,齿白唇红"。尽管当时鲁迅正与创造社激烈论战,叶、潘只是创造社"小伙计"而被捎带,但从此以后鲁迅和叶灵凤就你来我往,笔仗不断。尤其是叶灵凤在《幻洲》等刊上模仿英国装饰画家比亚兹莱创作的一些插图,鲁迅颇不屑,在文中明里暗里一再讥嘲,贬之为"生吞琵亚词侣,活剥蕗谷虹儿",命之曰"新的流氓画家"。直到 1934 年 4 月 9 日，鲁迅在致魏猛克信中还不忘嘲讽一句："至于叶灵凤先生，倒是自以为中国的 Beardsley 的。"

因此，当我见到三大卷《叶灵凤日记》（2020 年 5 月香港三联书店初版）时，首先就想到，虽然这已是叶灵凤 1943 年以后的日记，他会不会提到鲁迅呢？我的推测没有落空，叶灵凤 1946 年 5 月 3 日日记云：

> 如果上海的存书果然一册不失，则《比亚斯莱及其作品》，也应该早迟使其实现，这一来完成多年的希望，一来聊伸对鲁迅的一口气。

最后一句可谓画龙点睛。叶灵凤对比亚兹莱，不是一般的喜欢，而是喜欢得入迷。从他的日记中就可充分看出，他一直在大量搜购各种比亚兹莱画册、传记等，简直到了"上穷碧落下黄泉"的地步。而他为比氏编写一部中文传记的心愿早在 1930 年代就立下了。他在 1936 年 9 月《论语》第 96 期发表《献给鲁迅先生》一文，回顾与鲁迅恩怨始末，特别提道：

> 这是我多年的愿望……我希望率性让我生一场小病（鲁迅先生不是在病中又编好珂勒惠支的版画集吗?），闭门两月，给比亚兹莱写一部评传，选他百十幅巨叶大画（三闲书屋肯代印当然更好），印几十部，印得漂漂亮亮，在扉页上，我要用三号长体仿宋字印着：献给鲁迅先生。

这段文字与上面那则日记正可互相印证。在叶灵凤看来，"完成多年的希望"和"聊伸对鲁迅的一口气"是一件事。

到了1967年3月29日，叶灵凤在日记中记录了英美为比亚兹莱"举行了盛大的遗作展览"之后，又写道：

> 想为比亚斯莱写一本传记，至今未果，若是他又流行起来，现在倒是个好机会。

半年之后，叶灵凤在9月6日日记中又云：

> 检出张望在 1956 年所编印的《比亚兹莱画选》。全引鲁迅之言作护符。又检出 Macfall 的《比亚斯莱评传》。翻阅一过,尽使我想编选一部比亚斯莱画选的决心。

张望此文原题《鲁迅论比亚兹莱的装饰艺术》,刊于《美术》1956 年 5 月号,后略作修订作为同年 10 月辽宁画报社出版的《比亚兹莱画集》的序文。既然是讨论"鲁迅论比亚兹莱",当然"全引鲁迅之言"。但叶灵凤写下这句"全引鲁迅之言作护符",再明显不过地表示了他对张望所引的鲁迅的比亚兹莱观不以为然。他又再次重申为比氏编一本画传的决心。由此可见,叶灵凤的"比亚兹莱情结"不但深切,而且一直与鲁迅密切相关。

叶灵凤心目中的比亚兹莱到底是怎样的呢?由于各种条件的限制,直至去世,他都未能实现为比氏立传的毕生愿望,这实在是件遗憾的事。

2020 年 7 月 12 日

《叶灵凤日记》与鲁迅（续）

《叶灵凤日记》中记鲁迅或与鲁迅相关处之多，大大出乎我的想象。如1951年10月17日云："后日为鲁迅逝世十五周年纪念，搜集材料为《星座》编一特刊。"10月18日又云："编鲁迅逝世纪念稿。又从《书简》中取一信（给许广平的）制版作插图。"11月7日云："晚间与苗秀在美利坚晚餐，彼谓大公书局有精装本《鲁迅日记》一部出售，价一百二十余元。有便当去一看。"他记编纪念鲁迅特刊，记买鲁迅的书，不一而足。

特别应该提到的是，叶灵凤购读《鲁迅书简》引发的联想。1951年8月6日叶灵凤日记云："苗秀来信谓有人有精装本《鲁迅书简》出售，索价二十元，问我要否，踌躇未能即答。"但他第二天即做出决定："复苗秀信，托购《鲁迅书简》。"很快，第三天即得到了这部许广平编、1946年10月上海鲁迅全集出版社初版的《鲁迅书简》。他把这部"红布面装订与全集一式"的《鲁迅书简》"翻阅一过，发现其中颇多关于汉画石刻资料"之后，写下了一大段感想：

> 我与鲁迅翻脸极早，因此从未通过信。也从未交谈过。左联开会时只是对坐互相观望而已。在内山书店也时常相见，但从不招呼。

严格讲，"翻脸"二字用在这里，并不恰当。因为鲁迅与叶灵凤从未交好过，正如叶灵凤自己接下来所说的"从未通过信。也从未交谈过"，那又何来"翻脸"？不像鲁迅与胡适、与林语堂，原先是朋友，甚至是好朋友，见过面、通过信、吃过饭，写文章也曾互为奥援，后来才真的"翻脸"了。当然，叶灵凤这是记日记，不会像写文章那样仔细推敲，不必苛求。

有趣的是,关于鲁叶关系始末,叶灵凤早在1936年的那篇《献给鲁迅先生》中就已有过一个类似的概括:

> 我与鲁迅先生在各种场合下也先后见过几面,我认识他,他大约也认识我,但是从不曾讲过话。近年偶尔遇见,他老先生虽然"丰采依然",可是我早已唇不红,齿不白,头发也不光了……

两次回忆,叶灵凤都说到了在各种场合包括在内山书店多次见到鲁迅,两人都是内山书店的常客,在书店邂逅,完全可以理解。

值得注意的是,叶灵凤在日记中又点明"左联开会时"也"对坐互相观望"。这"左联开会"应指1930年3月2日在上海召开的中国左翼作家联盟成立大会,鲁迅到会并发表了有名的《对于左翼作家联盟的意见》的演讲。但叶灵凤是否到会却有不同说法。同年 3 月 10 日出版的《拓荒者》第 1 卷第 3 期《中国左翼作家联盟的成立》中开列了三十余位到会者名单，叶灵凤并不在内。同年 9 月 30 日，国民党中央执行委员会秘书处向国民政府文官处发出第 15889 号公函，要求"取缔"左联等左翼团体。同年 10 月 2 日，国民政府文官处根据上述公函向上海市政府等下达第 6039 号密函，要求"严密查究拿办"左联，所附录的五十余位参加左联成立大会人员名单中，叶灵凤已赫然在内。但也有研究者认为叶灵凤其实并未到会（姚辛：《左联史》，2006 年 11 月光明日报出版社初版，第 84 页）。而今，随着叶灵凤这段日记的公开，他当年参加中国左翼作家联盟成立大会，已得到了进一步的证实。

2020 年 8 月 2 日

附记

本文发表后，香港卢玮銮老师（《叶灵凤日记》

出版策划并作笺）转来许定铭先生提供的霜崖（叶灵凤）的《"左联"的成立》一文，刊于1974年3月17日香港《新晚报》，其中有这样的回忆：

> 最近托朋友去查阅当时的史料，才知道"左联"成立的日期是一九三零年三月二十日。
>
> 可惜我已经无法记得起成立的地点是在什么地方了，好像是在北四川路邻近窦乐安路的一间艺术学校内。开会的那个房间很宽大，大概平时是用作礼堂的，有一张很长很宽的大餐台，大家都围了餐台坐下。
>
> 第一次开成立会的那天，鲁迅先生也出了席，好像并没有发言。
>
> 第一次的成立大会开的很顺利，开会之前大家还唱了《国际歌》。可是当时即使在"租界"范围内，环境也已经很恶劣。第二次开会的地点虽然改了，结果仍是出了事情。
>
> "左联"公开活动的时间很短，很快大家都收到来信，说是"近来天气炎热，时疫流行，希

望大家饮食起居要小心……"从这时起,"左联"的活动就转入地下了。

这是我们所见到的关于左联成立大会的最为具体详细的回忆,很珍贵。其中关于大会是围坐大餐台而举行的,大会前还唱《国际歌》等,都是以前所根本不知道的。虽然其中也不无出入,如开会时间误作"三月二十日",如鲁迅"好像并没有发言"等。而且,从中可以完全确认叶灵凤是左联成立大会的出席者。

略说周作人 1955 年日记

我一直爱读现代作家的日记和书信。鲁迅的日记自不待言，胡适日记、朱自清日记、叶灵凤日记……我都读得津津有味。因为不仅"从作家的日记或尺牍上，往往能得到比看他的作品更其明晰的意见，也就是他自己的简洁的注释"（鲁迅：《孔另境〈当代文人尺牍钞〉序》），而且还可窥见他的日常生活、情感世界、兴趣爱好和远近交游等，总之，对更全面地认识这位作家，大有裨益。

对周作人日记的整理经历了漫长而曲折的过程，早在 1996 年 12 月，郑州大象出版社就出版了《周作人日记》影印本三大卷，时间跨度为 1898 年 2 月至

1934年12月（中有部分缺失），1935年以后的日记并不包括在内。近年来，北京的《中国现代文学研究丛刊》和上海的《现代中文学刊》陆续刊发了周作人后人整理的周作人1939—1949年间的部分日记。日前，《杭州师范大学学报（社会科学版）》2021年7月总第253期又刊出周作人1955年的日记，周作人日记的整理工作终于延顺到了1950年代。

1949年内地政权易手时，周作人从南京老虎桥监狱提前获释，到上海小住一阵之后，就回到北京。他开始为上海新创刊的《亦报》《大报》撰写专栏，同时继续他的文学翻译工作以维持生计。到了1955年，周作人已在新政权之下生活了六年，但《亦报》《大报》的专栏早已停止，好在他以往的一部分专栏文字已结集为《鲁迅小说中的人物》和《鲁迅的故家》两书交上海出版公司出版，所译《希腊女诗人萨波》也已由上海出版公司出版，均可领取版税。1955日记中都有所记载。1月7日日记云："上午……发电报给上海出版公司。"次日日记云："下午得上海出版公司汇款二百万元通知。"可见他老人家要钱之窘迫，而上海图书公司也马上汇款二百万元（相当于人民币新币二百元）给周作人救急。当时周作人已是70岁的老人，被高血压症等病所困扰，日记中三天两天就有"往访苏大夫"量血压配药的记载，读来有点令人心酸。

统计周作人1955年读了哪些书，是很有趣的。他该年所读的书，大体上可分中文和日文两大类。中文书，以近代文学名著为主，如《二十年目睹之怪现状》《官场现形记》《孽海花》《文明小史》等，这是有点出人意料的。还有张恨水的《八十一梦》，甚至中译的《苏联边防军故事》也在阅览之列。有时也翻阅各类古籍，如7月6日"阅《柳亭诗话》聊以消闲。"7月8日"阅《清嘉录》以消遣"等。日文书也很不少，包括《浮世风吕解注》《茉摘花详释》《落语全集》《川柳六千句》《大正柳多留》《日本民谣》《十二支考》《禁忌习俗语汇》等，还有斋藤勇著《杜甫》。后来周作人果然译出了《浮世澡堂》。

周作人在1955年与哪些人交往，当然也是我很感兴趣的。经常与他通信或拜访他的有不少老友，如江绍原、钱稻孙、徐耀辰、方纪生、龙榆生、柳雨生、张次溪、康嗣群等，翻译古希腊文学见长的罗念生、上海出版公司的刘哲民，也常联系，还有新来往的杨霁云、王士菁等。日本友人则松枝茂夫通信最勤。香港方面，只有5月25日日记云："得潘际坰信。"曹聚仁等与周作人取得联系，应该是1956年以后的事了。

2021年9月5日

《叶灵凤日记》中的周作人

与鲁迅不一样,叶灵凤和周作人之间并无过节,未打过笔仗,当然,两人也从未见过面。因此,出现在《叶灵凤日记》中的周作人,也就与鲁迅有所不同,叶灵凤更多地是作为一个读者或旁观者把周作人记入日记的。

从现存叶灵凤日记看,1952年上半年是叶灵凤阅读周作人较多的一个时段。1952年2月5日日记云:"读周作人的小品集。"4月23日日记云:"闲中读周作人的旧作多篇。除了抄旧书以外,都清淡可读。"5月7日日记云:"今日天阴雨。写《香港史话》。读周作人散文。"等等。令人感到意外的是,叶灵凤日记中多次记载购买鲁迅的书,但几乎不记购周作人的书。那么他读的周作人书是哪些书?从何来?也许早已购置?不过,他认为周作人"除了抄旧书以外,都清淡可读",倒是不刊之论。"抄旧书"是周作人1930年代以后有意为之的行文常态,由此或可推测,叶灵凤当时读的很可能是周作人30年代以后的作品集。

叶灵凤日记中再次写到周作人,已是十五年之后的事了。1967年9月2日日记云:"读新出的《明报月刊》9月号,有一'北平的回顾特辑',选了一些沈从文、郁达夫、周作人的旧作,藉旧讽新。"周作人入选的是《北平的春天》,《明报月刊》编者特意刊发这组回顾老北京特辑的用意,被叶灵凤看出来了。当然,叶灵凤紧接着指出:"不论过去和现在,北京总是一个令人可以怀念的地方。"毕竟他当年也写过描述北京风光的《北游漫笔》。

到了1967年10月20日,叶灵凤日记中赫然出现如下一条:

> 读《大公报》转载许广平的一篇骂周作人的文章，周已在去秋逝世，文章写得很恶刻，这里面提到了许多家庭兄弟间的恩怨。

周作人1967年5月6日在北京逝世，不是日记中所说的"去年秋"，想必是误传。同年10月19日（鲁迅忌日）《人民日报》发表了许广平的《我们的痛疽，是他们的宝贝——怒斥中国赫鲁晓夫一伙包庇汉奸文人、攻击鲁迅的罪行》一文，第二天香港《大公报》转载。此文"揭露""中国赫鲁晓夫及其爪牙""包庇"周作人的"罪行"，指责他们"利用周作人这个汉奸，打着回忆鲁迅的旗号，来歪曲鲁迅的革命精神"。此文或为"奉命"之作，不能不说是许广平生前的一篇败笔，但文中说到的"许多家庭兄弟间的恩怨"，却是别人写不出的。叶灵凤读了之后显然充分意识到了这点，故在日记中直指此文"很恶刻"。"恶刻"者，上海方言也，形容凶恶、恶做。叶灵凤的态度很鲜明。

1968年3月3日，许广平在北京逝世。三天后，叶灵凤在日记中又写下这样一段话：

> 北京电讯，许广平已逝世，她不久前曾有一篇长文骂去世的周作人，侧重家庭与弟兄妯娌间，我以为大可不必也。

叶灵凤重提往日所记，再次就许广平此文表明自己的看法，殊难得。关于周氏兄弟交恶事，叶灵凤后来在1970年4月19日日记中还曾提到一笔，"张向天（葵堂）今日有一篇长文，为鲁迅与周作人感情决裂事有所辩证，系指责'金圣叹'者，刊今日的《新晚报》"，则是客观的记录了。

2020年7月26日

《叶灵凤日记》中的周作人(续)

1970年6月4日,叶灵凤举行六十五岁生日聚会,当天日记云:"在红宝石餐厅招待朋友吃自助餐,共三十多人,很高兴热闹。"老朋友曹聚仁也参加了,次日他的日记记得很清楚:

> 曹聚仁所印的《知堂回忆录》已印好,分上下两册,昨晚以一部见赠。今天随手翻阅,在资料方面来说,当然是很丰富的。可惜这是知堂晚年之作,文笔有点拘谨,没有"周作人"写小品散文的时代那么轻松了。

卢玮銮老师在《叶灵凤日记》"笺"中称为"很珍贵"的香港三育图书文具公司初版《知堂回想录》，我手头正好有一部。版权页作"一九七〇年五月初版"，也就是说初版本甫一问世，恰逢叶灵凤生日聚会，曹聚仁就带至红宝石餐厅相赠，可视为叶氏的生日礼物。

从1970年6月7日起，叶灵凤花了十天时间，阅读这部他一直关心的周作人晚年回忆录。早在1969年4月18日，他就在日记中记录《知堂回想录》在香港《新晚报》和新加坡《南洋商报》连载的情形。现在书终于出版，他自在第一时间快读，6月7日记云："翻阅《知堂回想录》，颇记载了一些过去五十年间'京派'的故事，只是写得文采甚差。"6月9日记云："这几天有空就坐下来翻阅《知堂回想录》。"6月10日又云："阅《知堂回忆录》，记他在北大教书时期的生活故事，可说写得最好。晚年就愈来愈不自然了。"6月17日最后一次写到这部回忆录："读完《知堂回想录》，材料虽然很多，实说不上写得好。"总之，叶灵凤对《知堂回想录》是有赞有弹，弹多于赞。

尤其应该指出,叶灵凤在6月11日日记中记下了《知堂回想录》出版后发生的事:

> 阅《知堂回忆录》。闻此书因所附插图之作者信两封,对鲁迅及许广平皆有微词,已受到一部分人反对,将暂停发行,以便抽去插页。

从叶灵凤6月4日得到刚印出的《知堂回想录》初版本到11日得知这初版本将"暂停发行",正好一周。一周里发生了什么事?"一部分人"反对,具体是谁反对?叶灵凤日记只是客观记录,也许他真的不知道,也许他已知道而故意未记。

《知堂回想录》初版本插图中,刊出周作人1958年5月20日和1965年10月13日致曹聚仁两封信的手迹照片,前一封信中有批评上海鲁迅墓前的塑像"岂非即是头戴纸冠之形象乎?"和抱怨许广平"对我似有偏见"等句,以至这两封信被迫抽出后,曹聚仁才以"听涛出版社"名义重新发行。此中曲折,十七年后才由罗孚在《回想〈知堂回想录〉》中现身说法，和盘托出：

> 书前印出的周作人几封信中，有一封谈到他认为上海鲁迅墓前的鲁迅像，有高高在上、脱离群众的味道，此外还说了几句对许广平不敬的话，我也劝曹聚仁最好删去。这封信后来是照删了……我当时这样的"戒慎戒惧"，完全是个人的小心谨慎，并不是受到了什么压力……

罗孚在《曹聚仁在香港的日子》一文里又对此事"不免有些歉然"。原来这"一部分人"主要是指罗孚。罗孚一手促成《回想录》在《新晚报》连载，还精心保存了这部书稿。他当时建议曹聚仁抽出周作人的信，平心而论，是格于形势的迫不得已之举。

2020 年 8 月 2 日

郁达夫与安庆

郁达夫一生曾数次踏上安庆的土地,主要有两次。第一次是一百年前,即 1921 年 10 月到安庆,执教安徽公立法政专门学校,从而开启了他的教学生涯;最后一次是 1929 年 9 月底到安庆,拟担任安徽大学文学院教授,但仅一个星期即返回上海。这两次安庆之行,尤其是第一次,在郁达夫文学创作史上留下了深刻的印记,产生了《茫茫夜》《秋柳》《迷羊》等"A 地系列小说"。

1921 年 9 月初,郁达夫从日本回到上海,到泰东图书局接替郭沫若主持《创造季刊》创刊编辑工作,在初步编定创刊号目录并在 9 月 29 日上海《时事新报》刊出《纯文学季刊〈创造〉出版预告》之后，郁达夫即乘船赴安庆，10月1日抵达，次日就到法政专门学校报到。当时安庆高校为吸引京沪两地的教育人才，采取高薪聘用政策，郁达夫教授英语、欧洲革命史等课程，月薪两百元，待遇颇为丰厚。郁达夫到安庆最初四天的观感，后有《芜城日记》记之，这也是目前所知郁达夫在国内报刊上发表的最早的日记。

就在郁达夫抵达安庆的当月，他的成名作中短篇小说集《沉沦》由泰东图书局初版，郁达夫由此在中国文坛上震惊四方。《沉沦》的问世，"在中国的枯槁的社会里面好象吹来了一股春风"（郭沫若：《论郁达夫》），激烈的争议也接踵而至。为此，郁达夫11月27日在安庆给北京的周作人寄去《沉沦》和一封英文函，希望周作人"出自内心对我的作品进行批评"，促使周作人四个月后在《晨报副刊》"自己的园地"专栏发表了书评《沉沦》。这就是中国现代文学史上颇为有名的"《沉沦》事件"，而这事件必不可少的一环是在安庆。

郁达夫在安庆执教时期,显然是《沉沦》思绪的延续。他在这座古城里,结识张友鸾等年轻同好,纵论中外文学,留意日出日落,也不免醇酒妇人,这样的生活正是郁达夫所一直向往的那种自然主义的生活方式。以这段人生体验为背景,郁达夫在紧张的教学之余,赶写小说《茫茫夜》,1922年2月寒假回上海后定稿,替代《出版预告》中预告的《圆明园之秋夜》,编入《创造季刊》创刊号发表,从此拉开他的"A地系列小说"的序幕。

《茫茫夜》的主人公名于质夫,作为郁达夫小说中极具代表性的"零余者"艺术形象,于质夫这个人物不仅贯穿了《茫茫夜》《秋柳》等"A地系列小说",而且还出现在《怀乡病者》《风铃》等早期小说中,其影响之大,以至郁达夫友人易家钺(易君左)在他的以郁达夫为原型的小说《失了魄的魂》(收入《西子湖边》,1924年6月泰东图书局初版)中的主人公也名游质夫。

五年之后,安庆的这段生活仍使郁达夫挥之不去,无法忘怀,于是他再次拿起笔来,写下了中篇小说《迷羊》(1928年1月北新书局初版)。他在《〈迷羊〉后叙》中开宗明义:"五六年前头,我在A地的一个专门学校里教书。这风气未开的A城里,闲来可以和他们谈谈天的,实在没有几个人。"尽管仍是追述安庆这一段时光,地点仍在"A地",但《迷羊》主人公的名字改了,不再叫于质夫而叫王介成。当然,不管是于质夫,还是王介成,安庆是郁达夫这一时期小说创作的一个重要源泉却是始终如一。

2020年3月29日

从胡适与郁达夫的合影说起

日前见到一张合影,已泛黄,有相当年份了。照上有席地坐、椅坐和站立三排,男女共十九人,椅坐者正中,胡适(右三)和郁达夫(右二)两位赫然在矣。这是一张摄于武汉的极为难得的合影。

胡适和郁达夫原先并不认识,而且还打过笔仗。1923年10月,郁达夫到北京大学讲授统计学课程。1924年1月5日胡适日记云:"到聚餐会,是日到会的只有陈通伯、张仲述、陈博生、郁达夫、丁巽甫、林玉堂。但我们谈的很愉快。"这或是胡郁在北京交往之始。而从周作人日记和钱玄同日记可知,此后胡郁又数次共同参加在京新文学同人的宴聚。

1925年2月初，郁达夫应国立武昌大学校长石瑛之请出任该校文科教授。4月30日，郁达夫与同在武大执教的杨振声（金甫）、江绍原联名致函胡适，代表石瑛诚邀胡适到武大演讲，此信至今犹存（收入《胡适遗稿及秘藏书信》第38册，1994年黄山书社初版）。半年之后，即9月27日至10月5日，胡适终于有武汉之行，同行还有周鲠生、王世杰、马寅初等。据1925年9月胡适日记《南行杂记》，胡适先后在武昌大学作了《新文学运动的意义》《谈谈〈诗经〉》《读书》《中国哲学的鸟瞰》（一）（二）五场演讲，还在国立商科大学、省立文科大学、华中大学、武大附中等校演讲。已知郁达夫出席了胡适9月29日在武大的首场演讲《新文学运动的意义》（据蒋鉴章《武昌师大国文系的真相》，1925年12月《现代评论》第3卷第53期）。

胡适在《南行杂记》中又记曰："此次在武汉见着许多新知旧友，十分高兴。旧友中如郁达夫、杨金甫，兴致都不下于我，都是最可爱的。"但合影中杨振声并不在场。当时也在武大教书的张资平却对胡适此行评价不高,他1944年7月16日至9月1日在上海《中华日报》连载《中期创造社》,其中写到胡适之等名流"翩然的到武昌来了","胡适之的讲题是《读书》……都是平平无奇的通俗讲演"。对胡适的其他几次讲演都未提及,也许他根本没去听。

除了留下这张在武汉的珍贵合影,胡适此行还有一事不能不提。他在《南行杂记》中明确记载曾与郁达夫、杨振声等一起去汉口的妓院考察,以前似未引起胡适研究者和郁达夫研究者关注:

> 有一天夜里,小朋、达夫、金甫和我把周老先生(鲠生)拉去看汉口的窑子生活:到了一家,只见东墙下靠着一把大鸡毛帚,西墙下倒站着一把笤帚,房中间添了一张小床,两个小女孩在上面熟睡。又有一天,孤帆得了夫人的同意,邀我们去逛窑子,到了两家,较上次去的清洁多了。在一家的席上,有一个妓女是席上的人荐给金甫的;席散后,金甫去她房里一坐,她便哭了,诉说此间生活不是人过的,要他救她出去。

此中大有悲剧，因是意中的事。此女能于顷刻间认识金甫不是平常逛窑子的人，总算是有眼力的。那晚回寓，与达夫、金甫谈，我说，娼妓中人阅历较深刻，从痛苦忧患中出来，往往 more capable of real romance（擅于谈情说爱），过于那些生长于安乐之中的女子。

这段记载太有意思了。至于这张武汉合影具体摄于何处，除了胡适和郁达夫两位，另外那些合影者到底是哪方豪杰，还有待进一步查考。

2022 年 5 月 1 日

胡适郁达夫又一合影及其他

日前又得见一幅早已泛黄的九人合影,经与友人徐自豪兄反复辨认,认出八位,自左至右为:胡适、林语堂、陶孟和、凌叔华、陈西滢、丁西林、郁达夫、周作人和×××。照片粘贴于白纸上,右侧空白处还有一行毛笔小楷:"聚餐会(在中央公园)。"此照原由照中人陈西滢保存,毛笔字应出自陈西滢之手。也就是说,这是在北京中央公园的一次文人聚会合影,胡适和郁达夫第二次同框,已认出的其他六位也都大名鼎鼎,这就又引起了我的考证兴趣。

首先,照片中的八位都穿着厚厚的冬装,只有丁西林穿西服,这幅照片摄于冬日的北京应无疑。郁达夫1923年10月9日自沪至京，执教北京大学统计学课程。1925年2月4日离京赴武昌，就任武昌大学文科教授。那么，郁达夫在北京度过的冬天只有1923年末至1924年初和1924年末至1925年初，这幅照片的拍摄时段也只能是这两个之一。其次，经与而今的中山公园（中央公园后改名中山公园）实地核对，这幅照片的拍摄地点就在园内有名的来今雨轩附近。第三，从照片中可知，胡适、陶孟和、凌叔华、陈西滢、丁西林以及郁达夫，至少有六位都是北京现代评论社成员，周作人和林语堂虽未在《现代评论》上发表文章，但他俩与现代评论社诸公大多是朋友。因此，这幅照片与现代评论社活动相关的可能性极大。

《现代评论》是郁达夫到北大执教后与原太平洋社同人合作创办的一个综合性刊物。郁达夫在1924年5月19日上海《创造周报》第52号（终刊号）上发表《〈现代评论〉启事》，明言该刊为成就"强大的变革"而产生，"分政治文学两部"，执笔者为"太平洋杂志社及创造社同人"。此前和此后，现代评论社曾多次在中央公园来今雨轩聚会商讨或宴请邀稿，周作人、钱玄同等都参加过。1924年12月13日,《现代评论》周刊创刊,创刊号上发表了胡适的《翻译之难》、郁达夫的《十一月初三日》、西林的《叫化子》和西滢的《"非利士第恩"(Philistines)》等文,照片九人中有四人在创刊号上亮相。

由于1923年末至1925年初的胡适日记不全,所以这幅照片具体摄于何时,只能到周作人日记中去寻找线索。大致符合人数九位、时间冬天、地点来今雨轩附近和现代评论社同人这些要素的,有下述两条:

1924年2月2日记云:"午至来今雨轩聚餐,共九人。"

1925年1月30日记云:"午至忠信堂赴现代评论社约餐。"

1924年2月2日这一条,时间、地点、人数均符合,尤其人数正好"九人",颇具说服力。但1924年2月2日这个具体日期却似乎早了一点,其时现代评论社似尚在酝酿中,所以不敢确定。1925年1月30日这一条,时间和现代评论社已无疑问,但人数不明,更重要的是,忠信堂是否在中央公园里,也不明，因此同样难以确定。总之，这幅照片中九人的这次聚会，可能是1924年2月2日，也可能是1925年1月30日，甚至还可能是这两年里的其他时间，有待继续查考。

世事真奇妙。胡适与郁达夫有合影存世，以前毫无所知。而今竟接连出现两幅，由此又牵出两段有意思的新文坛交游故实，不能不令人高兴。

2022年6月5日

郁达夫佚文《杂感一二》

20世纪中国现代文学史上,著作等身的作家不少。五十六岁就逝世的鲁迅,全集就有十七卷,茅盾、巴金、沈从文等,全集更有数十卷之多。不过,作家的全集,要做到真的搜集齐全,其实很不容易,太不容易了。近年参与编辑《鲁迅手稿全集》,原以为再要发现新的鲁迅文字的可能性已接近于零,不料竟又发掘出鲁迅1915年4月13日致胡绥之和1934年11月29日致曹靖华两通佚简,令人惊喜。

郁达夫的作品同样也是如此。如果从1982年具全集规模的《郁达夫文集》(广州花城出版社和香港三联书店合作出版)算起,1992年12月浙江文艺出版社出版第一部《郁达夫全集》，2007年11月浙江大学出版社出版第二部收集更全的《郁达夫全集》，前后将近三十年时间。从2007年至今又过去了十多年，其间郁达夫的文字又陆续有所发现，但大都是信札和题词等，正式的文章甚少。最近终于有了新收获，研究者在1938年9月28日长沙《湖南国民日报》上找到了郁达夫的短文《杂感一二》（转引自王金华：《郁达夫湘行漫记》，《书屋》2021年5月号），照录如下：

乡居两月，昨日才下沅湘，冒风雨，乘夜阴而到了长沙。

在这全民抗战的大时代里，凡有血气者，当然不能避居僻壤以终生。死也得死个痛快，与其呻吟在床褥，何如醉卧在沙场！所以又重上了征途，打算去南昌，出东海，绕闽、粤去走一个大圆圈。

长沙被炸后，虽则市面萧条了些，但总觉得湖南健儿的生气仍在街头巷尾流露着。到岸后，在报上,并且看见了湖大学生不迁校的要求。

同时,在一则记事里,又看到了郭沫若兄所谈前线归来的感想。一是我们后方决不可懈怠苟安;二是要发动医药救护、征募寒衣的工作;三是文化人为什么不去前方。于是有了打油诗的题目:

洞庭木落叶南飞,血战初酣马正肥。江上征人三百万,秋来谁与寄寒衣?

文人几个是男儿,古训宁忘革丧尸?谁继南塘东海去,二重桥上看降旗?

全面抗战爆发后,郁达夫应郭沫若之邀在武汉出任政治部第三厅设计委员,并至台儿庄劳军。1938年7月,郁达夫携全家离开武汉至湖南汉寿小住,并与老友易君左相聚。同年9月23日,郁达夫离开汉寿到长沙,次日就经南昌赴福州。《杂感一二》开头提到"昨日才下沅湘,冒风雨,乘夜阴而到了长沙",那么这篇小文应是"今日"即9月24日离开长沙前急就交给《湖南国民日报》的,所以写得并不长。文中写到了在长沙匆匆一瞥的印象，也写到了读郭沫若在长沙发表视察前线三点观感的感想，录下了两首新作七绝，郁达夫自称为"打油诗"。这两首七绝均已收入《郁达夫全集》，总题《读郭沫若氏谈话记事后作两首》，第一首题《募寒衣》，第二首题《前线不见文人》，又发表于1938年10月10日浙江江山《号角》第9、10期合刊和10月15日香港《大风》第23期，均为后来的重刊。字句也略有出入："洞庭木落叶南飞"改为"洞庭木落雁南飞"，"古训宁忘革丧尸"改为"古训宁忘革裹尸"，"谁继南塘东海去"改为"谁继南塘征战迹"。

此文的发现再次提醒我们，搜集现代作家佚文，地方性报刊不应忽略。

2021年7月4日

《郁达夫选集》出版前后

郁达夫生前只出过两本选集,一为《达夫代表作》,钱杏邨等编,1928年3月上海春野书店初版;另一为《达夫自选集》,1933年3月上海天马书店初版。前者郁达夫作序认可,后者郁达夫"自选"。

1945年8月29日晚,郁达夫在印尼遇害。1951年7月,北京开明书店出版新的《郁达夫选集》,列为茅盾主编的"新文学选集"之一,丁易编选并作序。这本选集的特色在于郁达夫各个时期的代表作,从《沉沦》开始,《春风沉醉的晚上》《薄奠》《过去》《迟桂花》等均予收入。丁易在序中强调"诗人气质的郁达夫,始终是一个真正的爱国主义者"。

不过，在这本选集问世之前，对如何印行郁达夫作品，已有不同看法。郁达夫遇害后，由出版《达夫全集》的北新书局牵头，新的《达夫全集》的编选工作即开始启动。1948年底成立由"郭沫若　郑振铎　刘大杰　赵景深　李小峰　郁飞"组成的"编纂委员会"，次年1月《青年界》新6卷第5号还刊出新编六卷本《达夫全集》的简介。手头有一册北新书局"一九四九年版"《达夫散文集》，以《良友版新文学大系散文选集·导言》为首，收入名篇《还乡记》《给一位文学青年的公开状》等。尤其值得注意的是还收入一篇郁达夫1928年所作的《故事》。文中批评"割草似的杀人"的秦始皇，其实暗指上台不久的蒋氏政权。由此应可判断这本《达夫散文集》是1949年5月上海政权易手后出版的，或可视为新编《达夫全集》的前期成果。

出人意料的是，新编《达夫全集》马上搁浅了。赵景深后来对此有具体回忆：

> 一九四九年我参加第一次全国文代大会时，

曾由陈子展陪我去看郭沫若，询问沫若是否可以出《达夫全集》。沫若认为其中黄色描写有副作用，不宜出全集，只能出选集。

第一届全国文代会1949年7月2日至19日在北京举行，此后北新的《达夫全集》果然胎死腹中。两年之后开明书店出版《郁达夫选集》，也可视为执行了郭沫若所说的"只能出选集"的意见。

然而，当时读者希望读到更多的郁达夫作品。1954年11月，人民文学出版社出版据开明书店版改排的新《郁达夫选集》。与开明版相比，人文社版《选集》只把丁易的序移作"附录"，并删去一幅郁达夫"在东京留学时代摄"照片和酌加了几条注释而已，其他一仍照旧。书前有一则《本书出版说明》：

> 本书作者是"五四"以后有影响的作家之一。生前著作甚多，曾自编全集八册；但作者的作品瑕瑜互见，欲精选一册适合今日读者的选集，尚须经过精密的研究。目前为应读者需要，

暂将叶丁易所选的这本选集出版，并由编辑部加以若干注释。书后附选者原序，借以纪念一九五四年在莫斯科逝世的叶丁易同志。

"目前为应读者需要"显然有所指。人民文学出版社副社长王任叔当时在重印开明版《郁达夫选集》的"终审意见"中说得很清楚：

> 《郁达夫全集》与楼适夷同志商定，索性照丁易选的出版。……因为目前由读者给信郭老，要求出《达夫全集》。这事目前还办不到，可以先将原选集印出满足读者。（引自宋强著，2020年9月台湾花木兰文化事业公司初版《文学出版与国家意识形态的建构：以人民文学出版社为中心》）

由此可知，约在1954年初，因读者向郭沫若要求出版郁之全集，才导致人文社决定重印丁易编选集以应急。在郁达夫作品出版上，郭沫若是成也萧何败也萧何。到1957年9月,人文社版丁易编选集已重印三次,累计印数42 000册,但《郁达夫全集》的出版则要到三十年之后了。

2021年1月17日

辑二 新月社和骆驼社

"徐志摩拜年"

"拜年片"（今更多称"贺年片"）的提法，最早出现在我国宋代，又称"拜年帖"，由名帖（古称"名刺"）演变而来，新年投递送人，恭贺新禧之意。

现代的贺年片，最早出现在作家文字中，就我所见是徐志摩的《海滩上种花》。此文收入1926年6月北京北新书局初版《落叶》。《落叶》是徐志摩的第一本散文集，他在此书《序》中透露："这是我的散文集，一半是讲演稿：《落叶》是在师大，《话》在燕大，《海滩上种花》在附属中学讲的。"哪所附属中学？他未交代。当时北京师大确有附属中学，全称"国立北京师范大学附属中学"。而据作家蹇先艾后来回忆，正是北京师大附中一批爱好新文学的学生组织的"曦社"的邀请，徐志摩到该社做了题为《海滩上种花》的演讲。

已有研究者查明，徐志摩这次到北京师大附中讲演是在1924年12月30日。1925年2月15日出版的《北京师大周刊》第250期"讲演"栏刊出徐志摩这篇讲稿稿，记录者为"孟广喆、徐宗本"。不过，这篇经学生整理的讲演稿虽然徐志摩本人已"改过一番"，其实与《落叶》所收差别不小（参见付祥喜：《现代作家演讲稿的独特价值及其整理鉴别：以徐志摩〈海滩上种花〉为例》，《长沙理工大学学报》2017年第4期）。《落叶》所收《海滩上种花》应是徐志摩自己的文字稿的定稿，没有单独发表过。

"海滩上种花"，不仅是徐志摩这次演讲的题目，更是他自己的拜年片上一幅画的画题，他在此文中说：

> 我手里这一小幅画，等我来讲道理给你们听。这张画是我的拜年片，一个朋友替我制的。

你们看这个小孩子在海边砂滩上独自的玩,赤脚穿着草鞋,右手提着一枝花,使劲把它往砂里栽,左手提着一把浇花的水壶,壶里水点一滴滴的往下吊着。离着小孩不远看得见海里翻动着的波澜。

你们看出了这画的意思没有?

在海砂里种花。在海砂里种花!那小孩这一番种花的热情怕是白费的了。砂碛是养不活鲜花的,这几点淡水是不能帮忙的;也许等不到小孩转身,这一朵小花已经支不住阳光的逼迫,就得交卸他有限的生命,枯萎了去。……

我的朋友是狠聪明的,她拿这画意来比我们一群呆子,乐意在白天里做梦的呆子,满心想在海砂里种花的傻子。画里的小孩拿着有限的几滴淡水想维持花的生命,我们一群梦人也想在比沙漠还要干枯比沙滩更没有的社会里,凭着最有限的力量,想下几颗文艺与思想的种子,这不是一样的绝望,一样的傻?……但我的聪明的朋友说,这幅小小画里的意思还不止此;讽刺不是她的目的,她要我们更深一层看。……

你们看这个象征不仅美,并且有力量;因为它告诉我们单纯的信心是创作的泉源——这单纯的烂漫的天真是最永久最有力量的东西,阳光烧不焦他,狂风吹不倒他,海水冲不了他,黑暗掩不了他——地面上的花朵有被摧残被消灭的时候,但小孩爱花种花这一点:"真"却有的是永久的生命。

徐志摩为什么喜欢这幅小画和小画所蕴含的"意思",为什么把这幅小画作为他的"拜年片",他自己已说得生动而清楚,不必我再多作解释了。这张拜年片红黑两色,"徐志摩拜年"五个字和边框为红色,"海滩上种花图"为黑色。这样的贺年片当然别具一格,贺年片作者"她"不是别人,正是徐志摩的好友,女作家同时也是女画家的凌叔华,"徐志摩拜年"五个字也是她写的。

最早介绍这张贺年片的是徐志摩的学生赵景深。他在七十三年前写的《现代作家的贺年片》(收入

1948年4月北新书局初版《文坛忆旧》)一文中依次介绍了徐志摩、刘梦苇、吴芳吉、孙席珍、郑振铎、李健吾、徐调孚、黎锦晖、施蛰存（他录赵长卿《探春令》词句"愿新春已后，吉吉利利，百事都如意"贺年片我以前做过介绍）、焦菊隐、徐蔚南、徐霞村等十二位现代作家诗人各呈异彩的贺年片。前三位是当时已经逝世的诗人，赵景深认为《海滩上种花》是"最好的一张"贺年片。但他以为这是"徐志摩自己画来制锌版"，却是弄错了。这张贺年片后来由赵景深的小友徐重庆收藏，徐重庆也写了《徐志摩的〈海滩上种花〉》（收入2002年5月东南大学出版社初版《文艺散叶》）加以评述，但他认为《海滩上种花》"发表在1925年的《晨报副刊》上"，却也是错的，遍查1925年的《晨报副刊》，并未见《海滩上种花》的踪影。

听取徐志摩"海滩上种花"演讲的中学生，当然都见到了这张"徐志摩拜年"的贺年片。但徐志摩当年把这张贺年片寄给了哪些友好和学生？除了赵景深还有谁？已难以查考。万没想到，它去年竟在北京一个拍卖会上奇迹般地出现了,是徐志摩送给好友陶孟和、沈性仁夫妇的。这是已知存世的第二张"徐志摩拜年"贺年片原件,弥足珍贵。拍得者王金声兄一直主张独乐不如众乐,他高仿复制了几张分赠友好,我有幸得到一张,不可不记也。

2022年1月2日,有增补和修订

新见徐志摩致沈性仁函（上）

2021年6月5日北京中国书店2021年春拍会上有三通徐志摩致沈性仁函，均生动有趣，先对其中一通略作解说。全信如下：

陶太太：

　　早早盼你的信，收得安慰之至，真太费心了。译稿都给誊清，得暇定为校阅一过。北新赖钱，名誉颇著，即鲁迅便欠至千外，余可想见。但此次我与交涉尚不算坏，《落叶》取过一百，《赣第德》卖稿得三百五十，较商务有优无不及。《玛丽》书不见得有多大销路，如给北新，摩意定一价格，货值两清，省得麻烦。如不相谋，再行设法。盖小峰屡屡相问，似颇诚意，苟得售，管他是北新是南新，但定价尚须斟酌。我问过商务买译稿如何，回话是郭沫若的卖四元一千字，意思这已是峰极的价钱。商务出书奇慢，亦是惹气，故摩意若得善价，正不必定向大书铺也。又，此书皆　陶太太劳力，摩仅贡几页，将来鬻得数目当然全份归　太太，此话得预先声明。

小芳近何如？甚想念。前日见一小孩，颇似芳。新年无以为馈，愧甚。孟和事事如意否？我等一时怕不能北回（光华请我教书），然每念京中友好，不禁神往。曼最相忆，以病中腕弱，不能作书，相候为歉。

志摩问安　大年夜

陶太太即沈性仁（1895—1943），浙江嘉兴人，曾留学日本，系社会学家陶孟和之妻。徐志摩与陶沈夫妇交往甚多，最新版《徐志摩全集》（2019年10月商务印书馆初版）就收入了致他俩的信三通。近年又有徐志摩致沈性仁函陆续出现，不少与徐、沈合译《玛丽玛丽》有关，包括这通新发现的。

《玛丽玛丽》是爱尔兰作家占姆士·司蒂芬士（James Stephens, 1880—1950）的小说，共三十一章，为徐志摩所喜爱，1923年冬译出前九章，1925年2月12、13、14、16、17、18日连载于《晨报副刊》，徐并作《后记》和《附注》，《附注》中透露这部小说未译部分将由沈性仁"接续"。沈也很喜欢这部小说，"真守信，生活尽忙，居然在短时间内把全书给译成了"，但徐志摩把全书译稿"一搁就一年多"（《玛丽玛丽》单行本序）。此信就是徐与沈讨论小说单行本出版事。

徐志摩告诉沈性仁，拟把《玛丽玛丽》交李小峰主持的北新书店出版。他特别指出，北新虽然比不上"大书铺"商务，虽然还"赖钱"，但他自己与北新交涉"尚不算坏"。此前，徐志摩在北新共出了两种著译，一为1926年6月北京北新书局初版散文集《落叶》，二为1927年6月上海北新书局初版伏尔泰的小说《赣第德》。两书版税或买断费用都比商务高。所以徐志摩主张把《玛丽玛丽》交北新印行。

此信落款"大年夜",应为1927年"大年夜",即1927年2月1日除夕。徐志摩在北新出版译著《赣第德》引起了鲁迅的不满。鲁迅当时的著译几乎都是北新出版的,而徐志摩竟然也挤进北新了,鲁迅当然不悦,1927年7月17日致章廷谦信中说"北新内部已经鱼烂,如徐志摩陈什么之侵入"即为明证。《赣第德》出版才一个月,远在广州的鲁迅即作出反应,证实徐志摩此信不可能写于1926年或1928年"大年夜"。而徐志摩说到北新"赖钱"也举鲁迅为例:"即鲁迅便欠至千外",指北新已欠鲁迅版税一千多元。鲁迅与北新的版权纠纷两年后才爆发,差点与北新对簿公堂。徐志摩竟然1927年就知道了内幕,可见他自有消息来源。

2021年6月6日

新见徐志摩致沈性仁函(下)

上周介绍新出土的徐志摩1927年2月1日致沈性仁函,那么,信中写到拟把两人合译的《玛丽玛丽》交上海北新书局出版,这个设想是否实现了呢?答案就在这次中国书店拍卖会拍卖的第二通徐志摩致沈性仁信中,仍先把信照录如下:

陶太太:

　　我们离别快有一年,时光过去真不饶人。你们一家都好吗?孟和依旧高谈,小芳呢,我顶记着她的。宋春舫的大小姐象小芳极了,下回你看看。你也剪了头发,这是我最近听来的新闻,那你一定看得更年轻了,谁信你是三四个小孩的母亲!小曼就是身体永不见健,躺着吃喝还勉强不发病,一动作就累,但新近又为却不过面情答应了唱戏,这来可累上了,这三四星期只忙着南腔北曲,要到下月初才能完事哪。先听说你也南下,怎的又不来了?我们办新月书店的事想来你们早知道,《玛丽玛丽》留给我们做第一批的新书,闻一多给制一个极刺目的封面——一个可怜相的小姑娘蹲在地上出神的样子,背后是一位巡士老爷□大一个大身体的下半身,一只手里还提着一棍打狗棒,好玩得狠!全稿我自己校阅,今天已经完全发排,大约十天内即可见书,你等着看吧。你近来有什么著作,何不继续做小说?我是完全干了,瘪了,没了。想办《新月》月刊要你们帮忙,数交情不?昊若小有感冒,怨太太无信,眼看别人(通伯之流)太太差不多天天有信,他酸苦得快流泪了,你们想法提提他太太吧。

孟和夏间不出门溜达溜达吗?上海热得死

猫,前天来一个大阵(雨),炎威稍为敛些,否则我又要学叭儿狗申[伸]舌头了!盼赐回信。

敬颂

俪福

志摩 七月廿四

此信内容较为丰富。首先是与陶沈夫妇叙旧,写到了他们的长女陶维正(小名小芳),上一信中所说的"颇似芳"的小孩,原来是宋春舫的女儿,宋淇(林以亮)的姐姐。还写到了陆小曼虽然身体不佳,仍在"忙着南腔北曲"。接着就报告"办新月书店的事",这是当时中国新文坛的一件大事,是初建于北京的新月社在上海的再出发。此信共四页,也使用了"上海新月书店"新制的信笺。已知新月书店1927年7月1日在上海"法租界麦赛而蒂罗路一五九号"正式开张(据同年6月29日《申报》报道),由此可以推知此信写于1927年7月24日,而陆小曼1927年8月5日与江小鹣等合作表演昆曲《思凡》和京剧《汾河湾》(据同年8月3日—9日《上海画报》相关报道）则可进一步确定。

正是由于新月书店的诞生，才促使徐志摩改变了主意，不再把《玛丽玛丽》交给北新，而改由他参与创办的新月书店出版，如他所说"留给我们做第一批的新书"。他还向沈性仁透露《玛丽玛丽》的封面是留美时专攻美术的闻一多设计的，称赞这个封面"极刺目""好玩得狠"。闻一多一共为徐志摩的四种书设计了封面，即散文集《落叶》、小说集《巴黎的鳞爪》、诗集《猛虎集》和这本《玛丽玛丽》。《猛虎集》封面最有名，《玛丽玛丽》封面最不为人注意，其实徐志摩自己很欣赏。

《玛丽玛丽》终于由新月书店于 1927 年 8 月初版，而徐志摩致沈性仁这两通新发现的《徐志摩全集》未收的信也成为此书出版过程的有力见证。

2021 年 6 月 13 日

《济慈的夜莺歌》的追忆

《济慈的夜莺歌》是徐志摩的一篇力作,初刊1925年2月《小说月报》第16卷第2号,收入1927年8月新月书店初版《巴黎的鳞爪》。《小说月报》发表此文时,编者郑振铎就在《最后一页》中给予了高度评价:"徐志摩君的介绍济慈《夜莺歌》的一篇文字……极可注意,象志摩那么畅丽的散文,近来是很少看见的。"同时破例刊出《夜莺歌》英文原文,以便读者对照。此文也的确较为充分地体现了徐志摩散文"保持一个亲热的态度"和信笔拈来"跑野马"(梁实秋:《谈志摩的散文》)的鲜明特色。不过,说此文是散文,其实不一定恰切,此文从夜莺和英国诗人济慈名作《夜莺歌》起笔,对此诗的艺术风格及在英国诗歌史上的地位都有所论列,又用散文诗体翻译了这首诗,所以将其视为别具一格的诗论也未尝不可。

值得注意的是,此文中有如下一段话:

> 这次我到北大教书也是偶然的,我教着济慈的《夜莺歌》也是偶然的,乃至我现在动手写这一篇短文,更不是料得到的。友鸾再三要我写才鼓起我的兴来,我也很高兴写,因为看了我的乘兴的话,竟许有人不但发愿去读那《夜莺歌》,并且从此得到了一个亲口尝味最高级文学的门径,那我就得意极了。

此文落款"十二月二日夜半"(收书时加上"十三年"),可确定作于1924年12月2日晚。韩石山著《徐志摩传》(2001年2月北京十月文艺出版社版)认为徐志摩1925年10月起在北大英文系任教,但从这段话可知,徐志摩1924年12月以前已在北大执教，而且讲授过《夜莺歌》。正是张友鸾的一再请求，徐志摩才写下了这篇精彩的《济慈的夜莺歌》。

令人惊喜的是，将近二十年后，张友鸾写了《徐志摩写〈济慈的夜莺歌〉》，生动地还原了徐志摩当年写作此文的情景。此文初刊重庆《新民报晚刊》"西方夜谭"栏，收入1946年1月南京新民报馆初版《西方夜谭》（南京"新民报文艺丛书"之六）。文中写"有个少年人来访他，——那时是他读诗的朋友，后来是他的学生"。正好"一只不知名的鸟儿从院心掠过"，"无论那只鸟是不是黄莺，他都联想到康桥，联想到济慈的《夜莺歌》。闭了眼睛，把那首诗朗诵了两三段；嫌不过瘾，抽出诗集，一行一行的指与那个少年看"。"那个少年于是说：'济慈有一篇不朽的诗，可惜没有一篇不朽的文字去纪念他。你说的一段又一段，我看来也正是诗，写下来罢，写下来罢！'""主人"随即表示："好！你给我鼓劲，我就写。"第二天一早，"这少年又来"，"主人"告诉"少年"："呵，记不得睡过没有，文章是写好了。"显而易见，这"少年"是张友鸾自己，而"他"和"主人"正是

徐志摩。文中所追述的,与徐志摩当年所说的正相吻合。文中最后说:

> 这就是《济慈的夜莺歌》的产生。十行纸,毛笔写的,翁同龢的字体,有时横过来写几行小楷英文字。涂改的地方,一个墨团跟着一个墨团。这名贵的散文,或许也是一首诗罢。

徐志摩许多诗文的具体创作过程,后人已经无从知晓。幸好张友鸾留下了这篇珍贵的回忆,再现《济慈的夜莺歌》是如何诞生的,颇为难得。

2020 年 11 月 29 日

《徐志摩寻人》失落之文

徐志摩是一个人见人爱的20世纪新诗人,他的集外佚诗佚文佚简的发掘整理工作一直没停止过。有趣的是,他的佚作的搜集往往不能一步到位。此话何讲?徐志摩有一通致赵景深函,手迹原刊1949年2月上海万象图书馆初版《作家书简》(真迹影印本),因无落款时间,四川龚明德兄和我都撰文考证过。直至一年多前才得知,此信虽确系"真迹影印",却不全,落款署名志摩之后,还有一句附言手迹:"《新月》见过否?嘱送奉一册,收到否?"却在"真迹影印"时被删去了,以至收入《徐志摩全集》的此信,长期以来一直是通残简,若不是原信完整真迹在台湾被发现,这通佚简会一直"残"下去。

而今这种情形再一次发生,而且又与我有关。早在三十二年前,我在香港《明报月刊》1989年8月号上发表《徐志摩佚诗与佚简重光》一文,文中第二部分评述在1927年7月27日上海《时事新报·青光》上发现的一通徐志摩佚简。这通佚简题为《徐志摩寻人》(徐志摩在信中要求"人字需倒写"),是写给《青光》主编"秋郎先生",也即徐志摩好友梁实秋的。

正如题目所揭示的,这封信是寻人信,寻的是刚到上海的后来成为大哲学家的金岳霖。徐志摩虽知金岳霖和他的外国女友丽琳已到沪,却不知他们住在何处,急于打听他们的下落,才写了这封庄谐并重、妙趣横生的寻人信,登在《青光》上。我当时在上海辞书出版社资料室查阅《时事新报·青光》上的梁实秋佚文时,见到徐志摩这封佚简,喜出望外,匆匆录下撰文介绍。这封佚简也已收入2019年10月北京商务印书馆最新版的《徐志摩全集》第8卷(书信二)。

谁知日前友人见告,我当年发现的这通佚简不全。在1927年7月27日《时事新报·青光》右下角还刊有此信的最后两段，我没有迻录。这个失误真不小。究其原因，一方面固然因为此信排版东转西弯，造成粗看上去原信已完的假象，另一方面也是我的粗心大意所致。"解铃还须系铃人"，现把这通佚简的最后两段照录如下，一以弥补我三十二年前的过失，二则让读者再次欣赏一下徐志摩幽默风趣的文笔：

这行到也就不简单不是。就是这样他们俩招摇过市，从前门车站出发，经由骡马市大街到丞相胡同晨报馆旧址去找徐志摩去！晨报早搬了家，他们又折回头绕到顺治门外晨报社问明了我的寓所，再招摇进城。顺着城墙在烂泥堆里一跌一撞的走，还亏他们的，居然找着了我的地方！看来还是两年前聪明些。这样下来他们足足走了三个钟头去了原来只消十分钟的路。

这回可更不成样了，分明他们到了已经三天，谁的住处都没有找着。我太太也急了，逼着我去找他们，从大华饭店起一直到洋泾浜的花烟间，都得去找，因为上帝知道谁都不能推测哲学先生离奇的行踪！这我当然敬谢不敏，没办法的结果只得来请教你，借光《青光》的地位做做善事，替我们寻寻这一对荒谬绝伦的傻小子吧！他们自己能看到《青光》，当然是广东人说的"至好了"，否则我也恳求仁人君子万一见到，或是听到这样一对怪东西，务请设法把他们扣住了，同时知照法界华龙路新月书店，拜托拜托！

2021 年 9 月 12 日

陈梦家再忆徐志摩

陈梦家1927年在南京第四中山大学（后改名中央大学）求学时是闻一多的学生，颇得闻一多赏识，但他与徐志摩的关系似更密切，志摩为他的首部新诗集《梦家诗集》题签就是一个证明。徐志摩飞机失事后，他为《新月》杂志写了《纪念志摩》，为徐志摩编了遗诗集《云游》（书名是陈梦家起的），还编了《新月诗选》，为"新月诗派"树碑立传。一直到1957年，他还写了《谈谈徐志摩的诗》，再次为徐志摩在中国新诗史上正名。

然而，长期以来，我们一直不知道陈梦家还写过一篇《记志摩先生》。此文刊于1934年2月上海《文化通讯》第1卷第1期。署名"冰"的该刊《发刊的几句话》中说"本刊除从事现社会各方面实况之考察与研究外",还有以下两项使命:"一,中国历史文化知识之探讨";"二,健全的人生思想之介绍"。前者以熊十力《治中国文化史应注意之二时代》一文领衔,后者就是陈梦家这篇《记志摩先生》为代表了。

《记志摩先生》由"一个朋友"来信提起徐志摩所引发。陈梦家认为徐志摩去世"不但影响了中国新诗坛,而且确乎是'朋友中最不可少的朋友',他的为人和他的诗一样,全是可爱的",并完全赞同徐志摩"方死的那几天,有位朋友说'志摩是人人的朋友'"这句话。应该指出,这句话是"新月派"女诗人方令孺悼徐志摩文的题目。就"志摩是人人的朋友",陈梦家进一步发挥:"何以他是人人的朋友呢?"因为"他以人人为朋友……他不在人前发愁,更难得发怒,你听到他说的全是喜笑的口中流出来的智慧,他从来不道人的短长。对于年青人,他总是激励,耐心等候人自己的改好向上,不给人灰心。他和我谈的无非是诗,没有给我什么机会倾吐自己的怨苦"。陈梦家还举了一个生动的例子：

> 有一次冬天在南京城南的一个家园里，晚上我们请他来玩，那一夜他说了长长一篇关于在印度黑夜中野兽随便到人家来的惊慌，可是他还是用一个平和的笑容叙述他当时的骇怕。在态度上，志摩是平和的中庸的，是儒家风的；正如他的诗，也一样如他讲老虎故事似的从容。象"秋天的太阳，冬夜的炉火"，志摩对人的温煦是光亮热烈而又可亲可爱的。

这段话中的"我们"，除了陈梦家自己，还应包括方令孺、方玮德等当时在南京的青年新诗人，而徐志摩所从容回忆的应是他1928年秋访问印度时所遇。他回国后曾作《关于印度》等数次演讲，均未提及此事。

陈梦家出生在牧师之家，虽不是教徒，却"承袭着父亲所遗传下来的宗教情绪"（陈梦家《〈歌中之歌〉译序》）。因此，《记志摩先生》开头就引用《新约·保罗书信》中的"如今常存的有信,有望,有爱,此三者最大的是爱"作为题词。陈梦家认为"志摩的一生,忍受自己的眼前困苦(就是忘记自己),在为别人创造新的天地"。在分析了徐志摩的诗没有一首忧愤丧气,都表现了徐志摩对人的同情和爱之后,陈梦家在文末再次强调:

> 对于人,爱;对于未来,盼望;信仰生命(因此而创造);这三样是志摩全人格的表现。我不必说他是诗人哲士,但他至少是一个真正的"人",最完全的人!

2021 年 1 月 24 日

常玉画徐志摩像

中国现代文坛艺苑有些佚文佚作，淹没多少年之后，竟还会浮出历史地表，实在令人惊喜和感叹。旅法画家常玉（1900—1966）作徐志摩漫画像奇迹般地出现在世人眼前，就是最近的一个显例。

广州"华艺国际"拍卖公司2019年12月底以195.5万人民币拍出的常玉这幅徐志摩漫画像的来历，简直是一个传奇。常玉早已大名鼎鼎，他的《曲腿裸女》和《五裸女》两幅油画2019年先后以高价拍出，震动了海内外艺术拍卖界。但这两幅画早就著录，赫赫有名，这幅徐志摩漫画像却鲜为人知，虽然纸张已泛黄发脆，仍弥足珍贵。

这幅漫画像线条简洁灵动，寥寥数笔，就让一个精神奕奕的徐志摩呼之欲出。画像右侧下方有"志摩"两字，还有常玉自画"玉"字印和"Sanyu 1930"的落款，可知此画作于1930年。但常玉完成此画后未能寄给徐志摩，次年，画家王济远（1893—1975）游学巴黎与常玉见面，常玉才托其将这幅漫画像带回国内。关于这一过程，王济远在此画下部有一大段题记做了说明：

> 一九三一年七月欧游归国，行装中检得常玉在巴黎托我带给志摩的肖像。我因为志摩在北平，虽然于夏天回沪过一次，但又因我僻居沪西艺苑，始终没有见面的机会。志摩来信说，大概在寒假回沪，看我在欧洲所作的画。最近有人说，志摩已回来过了，我又没有会见。而报纸上噩耗传来，志摩已在开山遇难，弃浊世而长逝了，呜呼！十一月二十三日志摩灵柩到沪　济远哀志

王济远这段题记无疑写于1931年11月23日，即徐志摩殒后第四天。王济远也并非等闲之辈，他原籍安徽，生于江苏武进。曾旅欧和旅日，担任过上海美术专科学校教授和教务长，还曾创办"艺苑绘画研究所"，先后为上海西洋美术团体天马会和决澜社的重要成员。他擅油画和水彩画，是中国早期水彩画的主要推动者之一。他与徐志摩应订交于1920年代中后期。徐志摩1929年7月8日致远在巴黎的刘海粟信中就提到他："今日见济远，得悉你的移址后一切佳况，想来是够忙的。济远说，你来信问《美展》三日刊何以不寄给你，这却奇。……《美展》几于完全是清磐主持，我绝少顾问。内容当然是杂凑，我只写了一封辩护塞尚的信。我要你看的亦无非此文与悲鸿先生的妙论而已。"这是指《美展》三日刊所刊登的徐志摩与徐悲鸿关于"印象派"艺术的有名的论战文字，王济远和常玉、刘海粟，应该都是赞同徐志摩观点的。很可能也是由于这个原因，常玉托王济远把这幅漫画像带给两人共同的朋友徐志摩。不料世事阴差阳错，王济远几次错过见面机会，直至飞机失事，徐志摩虽然已经知道,却始终未能见到这幅常玉专门为他画的漫画像,真是人生莫大的憾事!

值得庆幸的是,这幅漫画像还是保存了下来。王济远1940年初赴美定居,此作当是他赴美时一并带去的吧?而今终于公之于世,让我们领略了常玉笔下的徐志摩的风采,就像我们早已领略了徐志摩笔下的常玉(散文《肉欲的巴黎》所描绘)的风采一样。

你写我,我画你,一漫画,一文字,两种不同的文艺形式,各呈异趣,却同时承载着作家徐志摩与画家常玉惺惺相惜的深厚情谊。

2020年1月5日

邵洵美写常玉

画家王济远珍藏的"常玉巴黎概念"册页2019年在京拍卖,其中有一幅常玉为现代作家邵洵美所画的头像,落款"玉 一九二六 巴黎"。常玉画过徐志摩头像,上文已有介绍。但常玉还为邵洵美画过头像,也是以前完全不知道的。

留英的邵洵美1925年春和冬两访巴黎,这幅头像应作于邵洵美第二次访法期间或之后,但何以未给邵洵美,已不可考。邵洵美访法,加入了留法的徐悲鸿、张道藩、谢寿康和常玉等组织的"天狗会"。邵洵美后来在《巴黎的春天》和《儒林新史》中多次写到常玉,称他是"我们的朋友",并转述张道藩的话说常玉是"资格最老的狗"。可见他和常玉很投契，否则，常玉未必肯为他画像。

对常玉的画艺，邵洵美和徐志摩一样极为推崇。他回上海后，于1929年1月创办《金屋月刊》，第2期就发表常玉的素描。3月第3期又发表"洵美"的《近代艺术界中的宝贝》，不啻为常玉的一篇"小传"，很难得。此文前半部分畅论如何看待马蒂斯、毕加索和藤田嗣治的画，然后笔锋一转，写到了常玉：

> 他是四川人，十年前独自到欧洲去学画，先到的四年中，就是拿了木炭与粉笔画着人体素描与速写，自己满意的积有三百余张，去年在上海展览过一两张，国人只知道惊叹；这一半虽是观众少见多怪，但他每一条线条的灵活，也的确能使人们的心跟着一同急跳起来。尤其是淡描的几笔极简单的白粉，使我们看了顿时觉得触到了肉的热气，知道这里面有的是生命，有的是力，是活的 Rodin 的雕刻。
>
> 他在前三年曾回国一次，不到三个月，又跑

到法国去了。他的父亲是四川的名国画家,常玉的国画当然便也有相当的造就,这大概便是鼓励他到欧洲去学画的动机。

他的脾气极古怪,熟悉他的当然不以为奇。他说的话往往只有他自己懂得。关于艺术的派别,他一直不发意见,但他却时常说:假使你们想成功一位大画家,那么,当你们懂得了怎样握笔以后,千万勿再到 Louvre 去。……

他以前的画我最喜欢的是一张横十二尺的油绘,……画题叫做《最后的一个丈夫》……全画除了复杂丰丽的肉色,只有单纯的绿色与单纯的黑色,但是没一笔是贸然画上去的。我们从这两种单纯的颜色上看去,只觉得是一片向荣的草地;一树透绿的树叶,满头浓厚的发髻;更有每一个裸女的全身的能说话的线条,都在喊着性的苦闷。

这张画听说被人买了去。最近他寄来的他的最近作的照片,简直使我快乐得发了疯。看他的结构!他的线条!他的光暗!他的力!他的肉!

他的生命！简单里的复杂！复杂里的简单！

　　这张照片志摩比我先收到一天，他用作《新月》的插图，我为因为晚收到一天，只得缩小了嵌在这篇文章里，看了也可以见到常玉的艺术之一斑了。

　　他还在巴黎不断地努力，啊，他真是我们近代艺术界中的宝贝！

邵洵美所说的常玉这幅新作，徐志摩题为《裸》，刊于1929年3月《新月》第1卷第12期，其实与《金屋月刊》同时刊出。此文不仅显示了邵洵美自己的美术造诣，也与徐志摩写常玉的《肉欲的巴黎》成为"双璧"；不但在常玉评论史上不可或缺，也是现代作家与现代美术关系密切的有力见证。

2020年8月23日

关于北京骆驼社

中国现代文学史上的文学社团何其之多,早在廿七年前,范泉先生就主编了《中国现代文学社团流派辞典》(1993年6月上海书店初版)。但仍难免缺漏,1920年代存在于北京的骆驼社,即为其中一例。

北京骆驼社由周作人、徐祖正(耀辰)、张定璜(凤举)三人组成。周作人在《代表〈骆驼〉》(刊1926年7月26日《语丝》第89期)中说得很清楚:"骆驼社里一共只有三个人,即张定璜,徐祖正,周作人是也。此外帮助我们的朋友也有好些,不过那不算是驼员之一,即如江绍原君虽然通晓'骆驼文'(江曾写过一篇《译自骆驼文》,故周作人这样说。——笔者注），却也不是其中的一只。"周作人这个说法，在其好友钱玄同1924年6月15日的日记里得到了证实：

> 晚骆驼社（周、张、徐三人）宴客于水榭，现代评论社（《太平洋》与《创造》）诸君皆与焉，初识江绍原、郁达夫。吃时大雷雨。（2014年8月北京大学出版社初版《钱玄同日记（整理本）》中册）

这段日记信息量不小。"周、张、徐三人"，不就是周作人、张定璜、徐祖正吗？还出现了帮助骆驼社的江绍原。只是"初识"郁达夫是钱玄同误记，因在一年三个多月前的钱玄同日记里，已与郁达夫见过面了。那么，当天周作人日记又是怎么记载的呢？

> 晴，傍晚大雨。……下午二时赴松筠庵研究所恳亲会，在商务买书一本。五时至公园水榭，由骆驼社公宴，共二十五人，十时返。

两条日记完全吻合,而且可以互相补充。"水榭"指中央公园水榭,当时北京文化人经常聚会之地。1924年6月15日晚,周作人、张定璜、徐祖正三人组成的骆驼社首次宴请北京文学界同人,规模不小,至十时尽兴而散,这一天可视为骆驼社的正式成立日。

七天之后,周作人日记又云:"下午凤举、耀辰来。"大概是商讨骆驼社的事吧?新的文学社即已成立,似应展开活动,不外聚会、办刊物、出丛书之类。奇怪的是,此后一年多时间里,骆驼社毫无动静。倒是1924年11月2日,由周作人、钱玄同、孙伏园、江绍原等组成的语丝社又在北京成立,《语丝》周刊也应运而生。

直到1925年11月1日,骆驼社才重新出现在周作人日记里,但已不称"骆驼社"而改称"驼群"。是日周作人日记云:"上午驼群同人来聚会,共十二人。"不是说骆驼社仅三人吗?怎么又扩充至十二人了?除了周、张、徐,或再加上江绍原,还有八人是谁?这是个谜。

进入1926年，2月6日周作人日记云："下午往小峰处及孔德，收书洋三二元。六时往东兴楼驼群之会。"5月30日周作人日记云："大风在家，午驼群聚会，不去。"可见骆驼社虽然活动仍在继续，但并不频繁，其间由于天气原因，周作人还有缺席。终于到了7月26日，周作人日记云："晴。上午……《骆驼》出板。"也就是说，尽管姗姗来迟，骆驼社机关刊物《骆驼》第一册终于出版了，正如周作人在刊物问世前的7月15日所说："这两年前所说的《骆驼》，还没有忘却，现在不久就要出现了。出发前还奉直再战（一九二四）之先，等走到时却已在奉直联军入京之后了，骆驼也未免有沧桑之感罢。"（《代表〈骆驼〉》）

2020年3月1日

《骆驼》种种

毛边的《骆驼》第一册是骆驼社机关刊物，版权页上清清楚楚印着："编辑者骆驼社　发行者北新书局　一九二六年六月出版。"但此刊目录页后的白页上还粘贴着一枚长方形小纸，很别致，上书：

> 这个小杂志出版，承下村泰三君作封面画，沈尹默君题字，并承别的诸位朋友帮助，至为感谢。
>
> 民国十五年七月，骆驼同人。

也就是说，《骆驼》其实是 1926 年 7 月才正式问世,这与周作人1926年7月26日日记云"《骆驼》出板"是完全吻合的。

《骆驼》虽然是第一册,但不像别的新文学刊物创刊号,往往内容丰富,它只收了三篇译作和三篇创作。译作依次为《Millet》,Romain Rolland作,张定璜译;《论左拉》,霭理斯作,周作人译;《希腊牧歌抄》,谛阿克列多思作,周作人译。创作依次为《兰生弟的日记》,中篇小说,徐祖正作;《秋明小词》五首,沈尹默作;《盲肠炎》,独幕剧,陶晶孙作。另有编后记《沙漠之梦》二则,作者为周作人、徐祖正。因此,这期《骆驼》几乎全部由骆驼社三员大将周作人、张定璜、徐祖正包办,外稿作者只有沈尹默和陶晶孙两位。

沈尹默是《新青年》同人,与周作人颇多交往。他以《月夜》等新诗驰名新文坛,这次友情出演,却出之以旧体诗词,不妨转录一首《对玉簪花》:

年时别／新词一曲情凄切／情凄切／霎时儿雨／霎时儿月

藕花池畔音书绝 / 玉簪虽好何堪折 / 何堪折 / 少年情事 / 早秋时节

陶晶孙本是早期创造社成员,一直对戏剧创作有兴趣,1922年9月《创造季刊》第2期上就有他的独幕剧《黑衣人》。大概是留日的张定璜拉稿,他才到《骆驼》上来客串。《盲肠炎》写动了盲肠手术的"胡乱"其人在病床上与看护妇的对话,无论形式还是内容,都颇前卫。《骆驼》流传稀少,以至《盲肠炎》长期被埋没,《陶晶孙选集》(丁景唐编选,1995年5月人民文学出版社初版)就失收。

当然,《骆驼》的重磅文章出自三员大将之手。张定璜译法国画家米勒的传记排在头篇,很长,可能是首次向国人介绍米勒其人其画,惜未完。同时配以米勒的肖像并包括《拾穗者》《晚祷》《牧羊女》等代表作在内的七幅画,均道林纸黑白色精印,一页一幅黏贴在杂志上,实在是大气而奢侈,在新文学杂志中极为少见。此外,《骆驼》前环衬还选用一幅英国插画家比亚兹莱的大画,横贯两页,这在当时也不多见。这大概是周作人的主意，就在一个多月前，因徐志摩主编的《晨报副刊》刊头使用了凌叔华仿作的比亚兹莱"挥手郎图"而引起争议，周作人还公开发表过意见。

周作人译的《论左拉》和《希腊牧歌抄》无疑也是力作，正如他自己在《沙漠之梦（一）》中所明确交代的：

> 霭理斯的《左拉论》不知到底论的如何，不过我自己很是喜欢，所以把它译出了。谛阿克列多思的《牧歌》，那是世界已有定评的了。这三篇里《情歌》与《私语》系此次新译，《农夫》一篇数年前曾从 Andrew Lang 英译本重译过，今据原文校改收入。这几篇的译法都是根据原文，用几种英译作参照，读法解说诸家有出入的地方，由我自己择取较为满意之说应用，虽说是不得已，也可谓太放肆了。

2020 年 3 月 8 日

《骆驼》题签本及其他

《骆驼》第一册1926年7月问世后,"驼群"又聚会一次,想必是庆贺《骆驼》的诞生吧。同年8月1日周作人日记云:"上午往幽风堂,赴驼群之会。"两个多月后,"驼群"再次开会商议《骆驼》第二册的编集出版,对此,周作人11月7日日记也有明确记载:"上午凤举耀辰犀海民生四君来议续出《骆驼》事。"可惜的是,此事未能付诸实施,《骆驼》第二册最终未能"续出",《骆驼》的创刊号也就成了终刊号。

《骆驼》第一册一定印数甚少,目前所知存世册数(包括残本在内)不会超过个位数。我数年前有幸得到一册,且书品上佳,犹如新书。更令人惊喜的是,这本《骆驼》竟还是散文家、学者张中行先生(1909—2006)的旧藏。为何这么说呢?这本《骆驼》第一册前环衬上有两处题字,一处为环衬左下角的钢笔字:

民国廿六年九月十二日买于市场。　张(?)志

署名有一字难以辨认,也许是张中行对自己名字的一种简写法也未可知。另一处为书于环衬中央的毛笔字:

血泪平生得所归
一九九〇年十一月廿九日于姗影楼

这两行毛笔字右侧又钤阴文"旦暮遇之"闲章一方。诗人柳宗元有"几度平生不问归"句,"血泪平生得所归"或由此转化而来。"旦暮遇之"则出之

《庄子》，原文为"万世之后而一遇大圣，知其解者，是旦暮遇之也"。

把这两处题字联系起来考察，可知这本《骆驼》是张中行1937年9月12日购于"市场"，也即北京有名的东安市场旧书摊。半个多世纪后，到了1990年12月29日，很可能张中行从劫后幸存的旧书堆中又检出此书，他已是81岁的老人了，"旦暮遇之"，不胜唏嘘，才写下"血泪平生得所归"的感慨。"姗影楼"是张中行的书斋名，其实只是他1950年代在北京人民教育出版社工作时，在出版社大院办公楼居住的一间楼道尽头的斗室而已（参见慧心：《冷暖人情有梦知——忆张中行先生》）。

1990年代，我因编集周作人集外文，与张中行先生有过不少交往。他1935年毕业于北京大学中文系，那时他就是周作人的学生，1950年代以后，又常去拜访周作人。所以，当我编《闲话周作人》（1996年7月浙江文艺出版社初版）时，他应我之请写了长文《再谈苦雨斋》，洋洋洒洒，是该书中最长的一篇，我至今感激他。但我得到这本《骆驼》第一册时,张中行先生早已谢世,已无法再当面请教,只能作了上述考证。

再回到骆驼社。除了出版《骆驼》第一册,骆驼社还出版了"骆驼丛书"三种,即第一种中篇小说《兰生弟的日记》,徐祖正著,1926年7月北京北新书局初版;第二、三种,长篇小说《新生》上下卷,日本岛崎藤村著,徐祖正译,1927年12月北新书局初版。前者与《骆驼》第一册所载《兰生弟的日记》几乎同步发表;后者又有1927年合订本,扉页正中清楚地印着"骆驼丛书2—3"。由此可知,"骆驼丛书"全由徐祖正一人包办,连周作人也未参与。《新生》出版后,骆驼社的文学活动也就宣告结束。

因此,如果说周作人是骆驼社的灵魂,那么徐祖正就是骆驼社的中坚。骆驼社虽只存在短短三年,但在中国现代文学史上是应记上一笔的。

2020年3月15日

《新生》"合卷"本

徐祖正(1895—1978)翻译的《新生》是日本作家岛崎藤村(1872—1943)的"力作"。藤村在日本明治以后的文学史上占有重要地位,长篇《破戒》系其代表作,但自传体小说《新生》也不可忽视。

徐祖正早在留日期间就迷恋上了藤村。他在《〈新生〉的译稿与底本》(刊1926年4月26日《语丝》第76期)中,详细回顾了他与藤村的文学之缘,同时交代了为何要潜心翻译《新生》的缘由:

> 心好藤村是在大正七年(民国七年)的暑假读了连载于东京《朝日新闻》纸上的《新生》起

的。所以偏爱似的耽读了藤村乃是以结果为原因，重读再读以至三读四读了成了单行本的《新生》上下两卷，以及与《新生》仿佛是自传体三部曲的其余二部的《春》与《樱桃熟的时候》之故。藤村本是先以诗作开拓了道路的人。然而最先吸引住我的是他生之记录样的那些散文著作。尤因为对于作者一贯的态度与思想有了共鸣之故——就是浅薄的也罢。……我由此而共鸣他的思想与态度，感铭他的著作与文字，崇敬他的烦恼与为人。这是八九年来我与藤村的交涉经过。尤其在最近的二三年来——回国以来，我把他的力作《新生》起动了翻译的笔。

徐祖正真心喜欢藤村，用他自己的话说就是"心好"。他"起动"翻译《新生》是在 1924 年暑假，断断续续，到 1926 年 4 月已译完《新生》上卷和下卷的一大半，计划 1926 年暑假译完，之后再"不苟且的把它校对一下，然后再找一家忠实些的书铺发行"。可见他的态度是何等郑重其事。

但《新生》中译本迟迟未能问世，以至读者询问。徐祖正又在1927年7月6日《语丝》第140期发表《消息》解释。《新生》中译本也分上下两卷，上卷1926年底即已印成，下卷1927年7月9日"才到下卷末页的三校一部分读完"。因为"为要不负读者以及原作者藤村氏的厚意起见，想竭尽努力把三次的校对都由自己担任，每校一次发见许多意外的不妥处，随校随改，但还不能洽意"。可见徐祖正当时翻译和校改是何等认真细致。

1927年12月，《新生》上下卷终于由上海北新书局出版，列为"骆驼丛书2—3"。上卷书前有徐祖正所撰《〈新生〉解说》和所编《藤村年谱》，两卷末尾均有《正误表》，可谓较为完备的译本。而除了《新生》本身的文学价值和中译的几近一丝不苟，此书的版式也与众不同。徐祖正仿欧洲古典印刷法，在《新生》每页右下角印有下一页起首的第一个汉字，十分别致（其实增加了排版和校订的难度，以至《新生》的出版旷日持久）。这是徐祖正的独家尝试，他主编的《骆驼》第一册、创作的《兰生弟的日记》也采取同一版式，从而形成一个系列，在中国新文学史上独一无二。

《新生》上下卷又有"合卷"本，系毛边本，厚厚一大本，拿在手中沉甸甸的。封面和扉页上均印有"合卷"两字，封面和扉页上的书名和译者名套红印刷，扉页上印有"1927"字样，但版权页上无出版时间。查国家图书馆、上海图书馆和中国现代文学馆，均未藏"合卷"。疑此书系徐祖正自己加印，印数想必稀少，我所得的这册毛边还未裁开，颇可珍贵也。

2020 年 5 月 10 日

辑三 小说家言

李健吾的《坛子》

李健吾在中国现代文学史上大名鼎鼎。他是"京派"文学批评翘楚,又是译介福楼拜高手,还以《这不是春天》等剧作名扬一时,唯独他的小说很少被关注。说无人关注,当然也不确。鲁迅编《中国新文学大系·小说二集》就选入他1924年发表的小说《终条山的传说》,并在《序》中赞曰:这篇小说"是绚烂了,虽在十年以后今日,还可以看见那藏在用口碑织就的华服里面的身体和灵魂"。

奇怪的是,《终条山的传说》并未收集,虽然李健吾1928年3月就在北新书局出版第一部小说集《西山之云》。手头这部《坛子》,1931年4月北新书局初版，已是李健吾的第四部小说集。《坛子》共收入八篇小说，即短篇《影》《在第二个女子的面前》《最后的一个梦》《猎》《机关车》《坛子》《又一身》《末一个女人》和中篇《一个兵和他的老婆》，大致可代表李健吾中短篇小说的艺术水准。最后一篇曾得到李的老师朱自清的高度评价。朱自清先是"拟此书的文体"，写了书评《给〈一个兵和他的老婆〉的作者——李健吾》，开头就说："我已经念完了《一个兵和他的老婆》的故事。我说，健吾，真有你得！我说，这个兵够人味儿。"后来又在《论白话——读〈南北极〉与〈小彼得〉的感想》中再次肯定小说"是一个理想的故事，可是生动极了。全篇是一个兵的自述，用的也是北京话，充分地表现着喜剧的气分，徐志摩先生的《太平景象》等诗……还只是小规模，他的可是整本儿"。

李健吾自己也较看重《一个兵和他的老婆》，收入《坛子》已是第二次，《坛子》出版前两年就先由岐山出版社出版了以这篇小说为书名的单行本。小说写一个旧军排长的自述，怎样救下一个差点被凌辱的年青女子,怎样下决心"明媒正娶"这个女子,又怎样遭到丈人的误会反对。小说最大特色是"全篇多为土语或下流人话"(引自1927年《清华文艺》第5期刊出小说时的《前言》),特别是小说中"得"字从头到尾,颇为别致。白话新小说如何恰到好处地使用方言土语,这篇小说是一个大胆的试验。且引其中一段主人公的自白:

> 我是一个无所能得闲光棍。我坐在菜畦旁的石凳上,看着西面天上一颗顶亮得星星已经出来,慢慢一个一个都跟着散了出来,仿佛头一个是老大哥,领头得。月亮在云里露了雪白得脸,象它们得妈。四下安静极了。一忽儿有狗乱汪汪,接着像让人喝住了的声音。一忽儿在树影里闪出亮灯儿,说不清往哪儿去了,这时我心里不禁难过起来,想到了从前,在这世上没有两个人爱我得,妈爱我,可我刚十四岁她便死了,东飘西荡,如今做了兵,升了排长,年纪慢慢大了,将来生死还没有准头,哪怕有人恨我也好……

有必要指出，《坛子》书前有题词页，印着"献与　玉手"四个字。"玉手"是女性的可能性较大，李健吾为什么要把《坛子》献给她呢？已知他的姐姐、初恋和夫人都无"玉手"之名。咨询李健吾两位女儿，她们也不知道。这个题词成了一个谜，也再次证明我以前说过的，作家著作题词页上的题词，往往可能隐藏着我们所不知的秘密。而如果未见初版本，连李健吾还写有这个题词也不知道了。

2021 年 1 月 31 日

曾虚白的《德妹》

以前我写过一文,介绍现代作家曾虚白(1895—1994)唯一的长篇《三棱》,日前得到他的第一本短篇小说集《德妹》,不妨再来一说。

《德妹》1928年9月上海真美善书店初版。该书店是曾朴、曾虚白父子创办的,还出版《真美善》月刊,在当时上海文坛上独树一帜。《德妹》装帧很有特色,封面由画家、美术史家朱应鹏设计(此书题词页反面印有"感谢给我画封面的朱应鹏兄"一行字),可以看出受到了比亚兹莱的影响。封面图右侧有"虚白小说第一"六个字,"第一"疑为"集一"或"第一集"之误。《德妹》版式别致,蓝黑双色印刷,每

篇小说题目蓝印独占一页。题词页上又有如下蓝印字句:

> 我的德妹:纪念十年前今日的悲思,受我这心血凝成的册子!
>
> 你伤心的哥哥虚白　十七,中秋前三日

由此可知,曾虚白这部短篇小说处女作是献给他早夭的妹妹的。全书共收七篇短篇。打头阵且作为书名的《德妹》以作者自己的亲身经历为原型,描述在上海谋生的"我"惊闻"德妹"病重,坐火车赶到苏州,再奔回家中与"德妹"诀别的情景,写得沉痛悲切,如泣如诉。全篇以九个"幻想"贯彻始终,颇具匠心,书评《德妹》(刊1928年12月《金屋月刊》第11期"介绍批评与讨论"栏,未署名,疑为该刊编者邵洵美作)指出:

> 正如本书的广告所说"虚白的小说是表现人生内在的呼声,是把他流荡生活中所得的经验而

加以幻想的渲染所组织成的文章",他在许多地方,均以幻想来表现一切。譬如《德妹》篇中便有八个幻想:第一个幻想是看见他的灿若春花的德妹,斜靠在沿窗沙发上;第二个幻想是他的德妹又在人头拥挤的戏园子里的包厢里;第三个幻想是他的德妹在家里玩笑;第四个幻想是他的小鸟儿般未成年的德妹拿着竹竿子在屋后的打米场上跳跳纵纵的淘气;第五个幻想是他的在病床宛转可怜的德妹;第六个幻想是在黑暗中的他的德妹的灰白的脸庞;第七个幻想是他的德妹在月里;第八个幻想是他的德妹在天上。他的妙处在这八个幻想,他的弱点便也在这八个幻想。因为作者要把他每个幻想都描写得动人,反而使每个幻想都失掉了力量。好象一齣戏里都是主角,反而弄得一个也不是主角。但是作者的秀丽的文笔是我们不得不佩服的。

确实,曾虚白在这部短篇集里展示了他对新文学小说技巧的重视和探索。除了《德妹》,写"连生"

为付欠账赌个精光最终神经错乱而自杀的《躲避》和当兵的"小狗子"回家导致奇特而悲惨遭遇的《回家》体现了"情节的技巧";写孤苦伶仃的"苦鬼"为生活所迫当"强盗"而成为"斩犯"的《法网》体现了"心理的技巧";而写"王局长"娶妾种种狼狈的《两张纸》则体现了"文字的技巧"。总之,曾虚白是"一个最注重技巧的作家"。虽然这只是书评作者的一家之言,不正说明曾虚白的小说创作起步不低吗?

不料曾虚白后来转向办报,曾主持上海《大晚报》,后来更成为台湾新闻界巨子。曾虚白过早告别了他曾迷恋的新文学著译,但他的《德妹》以及《三棱》等小说还是在现代文学史或至少在上海现代文学史上占有一席之地,不应被忘记。

2020 年 8 月 30 日

严独鹤编《快活林》

严建平兄送我三大卷《严独鹤文集》(严建平、祝淳翔编,2021年9月上海文艺出版社初版)已经半年了,应该为这位著名报人、作家写些什么了。好事成双,著名画家丁悚的《四十年艺坛回忆录(1902—1945)》(2022年1月上海书店出版社初版)也问世了。丁悚比严独鹤小二岁,两人是文坛好友,回忆录就多次"忆"到严独鹤,正好放一起谈。

浙江桐乡,藏龙卧虎,人才济济。我以前只关注茅盾、丰子恺、钱君匋等新文学健将,却忽略了严独鹤、沈苇窗等通俗文学名家(姑且这么归纳,其实并不确切),这当然是很不应该的。严独鹤比茅盾大七岁，也是同时代人，但两人的追求有所不同，一在新文学上执大旗，一在通俗文学上显身手，严独鹤的长篇《人海梦》就写得很不错。不过，两人有一点是相似的，茅盾曾长期在商务印书馆工作，严独鹤则在中华书局和世界书局当编辑。严独鹤的人生转折点是1914年受邀到上海《新闻报》任副刊编辑，主编《快活林》（1932年后改名《新园林》），与主编《申报·自由谈》的周瘦鹃堪称双璧，各领风骚达数十年之久。难怪木心在《塔下读书处》中说：在当时"乌镇人的口碑上，沈雁冰大抵是个书呆子，不及另一个乌镇人严独鹤，《申报》（应为《新闻报》——笔者注）主笔，同乡引为光荣，因为《申报》是厉害的，好事上了报，坏事报上了，都是天下大事"。

严独鹤编《快活林》那么长时间，颇多功绩，自不待言，但我以为最大的功绩，是把通俗文学大师张恨水引进海上。1929年晚春，严独鹤参加上海报界观光团赴北平天津等地考察交流，他此行最大的收获就是结识在北方已经大有文名的张恨水。两人由"文字神交"而一见如故，张恨水答应为《快活林》撰写新的独家的长篇连载。这一答应非同小可，催生了张恨水脍炙人口的代表作《啼笑因缘》。1930年12月，《啼笑因缘》在《快活林》连载毕，将出单行本之际，严独鹤又撰《关于〈啼笑因缘〉的报告》和《〈啼笑因缘〉序》为之推荐，《序》是评论《啼笑因缘》的一篇力作，对这部小说艺术特色的条分缕析，今天读来仍使人神往。《报告》中说，张恨水的作品以前"大都刊在北方报纸上，南方阅读者诸君，似乎还和他不很认识"。随着《啼笑因缘》的连载，海上街头巷尾争说张恨水，以至"竟有'啼笑因缘迷'这样一个新口号"，1931年也成了"张恨水年"。这就意味着张恨水正式登上上海文坛，溶入了"海派文学"，意义深远。而这一切都与严独鹤的努力分不开。

那么，严独鹤是怎么当上《快活林》主编的？以前我们一直不知详情。而今丁悚的《四十年艺坛回忆录》揭开了其中原委。他在《张丹斧怀恨严独鹤》一则中如是说：

> 《新闻报》向来没有报屁股的，后效尤《申

报》的《自由谈》，也拟增开一和《自由谈》类似的副刊，俾和《申报》对峙，正在物色主编人选时，这个消息给丹斧知道了，颇有意企图膺任，在他的资望和文章，当然胜任愉快，自问也舍己莫属，不过馆方以张之文字固佳，但似不大合大报副刊体裁，结果就请了严独鹤担任，《新闻报》遂有《快活林》之创刊。问世后，获得广大读者的欢迎，尤其是每天的一篇"谈话"，更是风靡。

原来当时还有这么一段文坛纠葛，如果不是丁悚披露，可能就湮没了。幸好《新闻报》聘请了严独鹤，否则，《啼笑因缘》能否诞生，张恨水能否进入"海派文学"，就都是未知数了。

2022 年 3 月 20 日

《鬼恋》第三版

《鬼恋》是徐訏的成名作。手头有一册香港印行的《徐訏先生著作目录》（印行时间和机构不详，估计1960—1970年代所印），其中这样介绍《鬼恋》：

> 本书为作者成名之作，出版以来，已销至五十余版，迄今仍未稍衰，盖其想象之微妙，构思之奇诡，写人物之生动，写情感之真挚，始终有其不可企及之处，而为千万读者所赞许，所激赏。

虽有点广告之嫌，这段对《鬼恋》的评价还是比较实事求是的。不过，尽管一鸣惊人，持续畅销沪港等地，《鬼恋》何时初版却是一个谜。《民国时期总书目：文学理论·世界文学·中国文学》（下册，1992年11月书目文献出版社初版）作"成都东方书社1943年2月初版"，《中国现代文学总书目》（1993年12月福建教育出版社初版）作"成都东方书社1943年1月初版"，显然都与史实不符。成都"初版本"只是《鬼恋》在成都由东方书社所出的"初版本"而已，《鬼恋》真正也即最初的初版是在上海，时间也应早于成都版。但《中国现代作家大辞典》（1992年新世界出版社初版）作"《鬼恋》（短篇小说），1938，夜窗书屋"，仍与史实不符。这是徐訏作品版本史上一个长期悬而未决的难题。

笔者近日得到一册《鬼恋》第三版，终于可以大致解答这个难题了。

《鬼恋》第三版1941年6月由上海夜窗书屋出版，列为"三思楼月书之一"。有必要先略作解释，"夜窗书屋"是徐訏自办的出版社，专出自己的作品，"总经售"委托上海西风社；"三思楼"是徐訏的书斋名；所谓"月书"则是每个月印行一种徐訏自己的新著或重印旧作之意。令人欣喜的是,《鬼恋》第三版之末有《再版后记》和《三版后记》,先照录《再版后记》:

> 本书初版本有几个错字,现在发现的都改正了,还有一处未能改正,特更正在这里,那是第八十四页第十行"我们要努力享受一段的快乐",应作"我们要努力享受这一段快乐"。
>
> 《鬼恋》于二十九年四月出版,不到一月,即已销罄,总经售处时催再版,但我因只能购少数纸料以充新书之用,所以想索兴将来与其他月书一同再版,因而搁下;现在还是无法可允我同时再版几本书,所以我暂时决定每月再版一种,第一种就先再版本书。歉仄的是已经让许多朋友们久候了。

再照录《三版后记》:

> 在再版后记中,我说到"三思楼月书"要每月

再版一种，但在实行的时候，一本新书外加一本再版，实在感到烦忙。而现在又有些书需要三版，所以这计划不得不有所改动，碰巧最近身心欠佳，新书拟暂停一下，因此在这个时间中，拟尽可能的将应当再版的东西同时赶一点出来，省得许多想有"三思楼月书"全书的朋友常常感到残缺，也可免我对于这方面种种询问时时感到抱歉。

一九四一，五，二七。

把这两则《后记》结合起来分析，不难看到如下三点：一，虽还未见初版本原书，但据徐訏本人所说，《鬼恋》1940年4月由上海夜窗书屋初版。二，在一年多时间里，《鬼恋》已经三版，若不是受到主客观条件限制，《鬼恋》还可以更多版。三，当年想购读"三思楼月书"全套书的读者"很多"。

沧海桑田，而今还有人珍藏《鬼恋》初版本和全套"三思楼月书"吗？

2021年8月29日

赵清阁与冰心

以前写过一篇《赵清阁三提张爱玲》,不妨再来谈谈这位现代文学史上长期被冷落的女作家和冰心的关系。

我藏有赵清阁的一本旧藏,多年前得之于冷滩,是《冰心小说散文选集》,1954年9月人民文学出版社初版。书前环衬左上角有冰心的钢笔题字:

清阁存　　冰心　　五四,十一,十五。

也就是说,此书是冰心的馈赠。冰心是五四著名女诗人,赵清阁的前辈(比赵大十四岁)。赵清阁在

《友情的记录》中说得很清楚:

> 冰心同志是我尊敬的老一辈卓越诗人、散文作家。我初中时代就是她的"小读者"(冰心有名著《寄小读者》——笔者注),而我结识她,成为忘年之交,又已忽忽近五十年春秋了,因此我视她亦师亦友。

《友情的记录》写于1987年,赵清阁认识冰心应在全面抗战爆发之后,据她自己回忆:"第一次见到冰心,是一九三八年在重庆的文艺界抗敌救亡协会上,那时她还未到'不惑'之年。她温文尔雅,风趣和蔼,一望而知是文学大家的风度。"冰心对赵清阁的印象也很好,后来曾集句书赠赵清阁:

眉宇清扬照座寒,品题天女本来难。
忽然阁笔无言说,雨后晴虹雪没山。
集前人句书奉　清阁女士哂正
　　　　　　　　　　　冰心　日本花朝

第一句集自刘墉《题董香光临宋四家书册后》诗,第二、三句集自龚自珍《己亥杂诗》,最后一句集自何人,待查。不难发现,冰心所集第一、三句的第三字上下连起来,正是"清阁"两字,自然而巧妙。赵清阁得到此诗一定也会十分高兴吧?

抗战胜利,赵清阁回到上海,受赵家璧之请,编中国现代女作家小说、散文《无题集》,1947年10月由上海晨光出版公司初版。赵清阁在《序》中表示:把"近三十年来新旧女作家的最新作品,比较有系统地搜集起来,使读者可以从这些作品里面,窥见她们随着文艺思潮演变的进步与趋势!"此书有两大显著特点:一是冰心、袁昌英、冯沅君、苏雪林、谢冰莹、陆小曼、陆晶清、沉樱、风子、罗洪、王莹等应邀加盟,除了丁玲等左翼女作家,中国现代优秀女作家几乎一网打尽。二是书中只收这些女作家的最新作品,赵清阁自己也新写了有名的《落叶无限愁》。"书名就用了冰心的篇名。"赵清阁在《序》中特别告诉读者:冰心"不顾旅途劳顿,不避溽暑炎热,挥汗为撰《无题》,其文笔干练,意境卓越,诚属难得之作"。

1948年秋,为了创作取材北平背景的电影剧本《蝶恋花》,赵清阁有北平之行。她在北平拜访了许多文坛故旧。其时冰心正与丈夫、社会学家吴文藻一起寄居东瀛,当她得知赵清阁到了北平,专门写信托吴景超夫人龚叶雅(散文家,即为梁实秋《雅舍小品》作序之业雅)代请赵清阁吃饭。赵清阁在《京华日记怀故人》一文中曾忆及此事:

> 叶雅让我看了一封冰心从日本寄给她的信,因知我在北平,要她代表请我吃一顿涮羊肉。冰心的盛意使我非常感动,但我不同意这样作;如今大家都很拮据,实在不忍心叨扰朋友,我领谢冰心的情意。

上述几个片段已足以证明,赵清阁与冰心的友谊并非一朝一夕。这本1949年以后出版的冰心第一部小说散文选集签赠本,再次记录了冰心与赵清阁的情谊,颇为难得也。

2022年3月27日

牛布衣的小说

先说张友鸾(1904—1990),再说牛布衣,牛布衣即张友鸾也。

张友鸾在安庆读中学时,与正在安庆安徽公立法政专门学校任教的郁达夫交往,在上海《中华新报·创造日》发表了不少"随感录"。三十六年前,我编《回忆郁达夫》一书,曾请他老人家专门写了《郁达夫二三事》。张友鸾与创造社的因缘,以他在1923年2月《创造季刊》第1卷第4期发表小说《坟墓》达到顶点。这篇小说写大学生探讨婚姻是否"只是一座坟表",颇为生动。

张友鸾曾先后主持北京《世界日报》和上海《立

报》等报,1936年与张恨水合办《南京人报》。抗战胜利后,张友鸾回到南京继续主政《南京人报》。也许未能忘情于文学,他重操旧业,在《南京人报》上以牛布衣笔名连载短篇小说,大受欢迎,1948年6月以《魂断文德桥》为书名由南京人报社出版单行本,列为"南京人报文艺丛刊之二"。此书出版后,又一纸风行,四个月后即增订再版,我所有的即再版本。此书封面上的《断魂图》出自郁达夫侄女婿黄苗子之手,"这个封面设计,无数读者都加以赞赏"。

《魂断文德桥》初版本收《魂断文德桥》《秦淮历险记》《吉诃德先生的恋爱》《不变的心》四篇,再版本又增加《飞燕》一篇。从题目就可猜到小说都是围绕南京名扬中外的秦淮河而展开。文德桥是秦淮河上的一座名桥,现在已由木桥变成了水泥桥。从古到今,秦淮河一直是文人墨客描绘的对象。朱自清和俞平伯的同题散文《桨声灯影里的秦淮河》就是脍炙人口的现代名篇。但牛布衣的《魂断文德桥》有所不同,五篇小说都是写秦淮河夫子庙的"特种妇人",正如牛布衣在初版本《自己序》中所说"这四篇东西,写了四个不同型的'夫子庙特种妇人'"。《再版序》中又说:"于是,这就完全了,差不多每一种夫子庙的特种妇人,都包括在这本书里了。而这些特种妇人,有许多不平凡的特别事情,也都写下了。"

所谓"特种妇人",指的是当时活跃在秦淮河两岸交际场中的饭店女招待、歌厅歌女、舞场舞女和戏院女戏子等,有的还兼营"副业"。《魂断文德桥》状写"她们的生活"和"她们的心理",并将小说的时间置于抗战胜利"接收"大员小官回到南京之后的大背景下,这就更具时代性,更有张力。而且"和那些女人'轧'朋友的,他们的生活和他们的心理,也不要看得太平常"。《魂断文德桥》中"关照"女招待的曹经理,《秦淮历险记》中与戏子纠缠的"我",《吉诃德先生的恋爱》中与舞女"恋爱"的吉诃德,《飞燕》中亲近女向导的李科长等,牛布衣同样写得有声有色。

牛布衣的文字是老练的,每篇小说都着重人物对话,在大量生动而有个性的对话中,凸现男女主人公从见面到分手的微妙心理变化,彼此的试探、犹豫、

调情、提防……都通过对话得以体现,如见其人。当然,小说中也不乏精彩的议论,且看如下一段:

> 平常人以吃酒为权利,另一种人却以吃酒为义务。有人能让她吃一些酒,这便是敬酒者多享了权利。任何可以做娱乐去享受的事,只要一成为职业,又怎么不被迫成为义务呢?只要仔细去看看,她便是一只酒杯。

2020 年 4 月 19 日

《汗把滥的五爷》

此前曾介绍过张友鸾的回忆文字《关于〈济慈的夜莺歌〉》,那就一不做二不休,再来谈谈张友鸾另一部鲜为人知的中篇小说《汗把滥的五爷》。

《汗把滥的五爷》1949年1月由南京人报社初版,仍署了张友鸾的常用笔名"牛布衣"。书的版权页上又印着"发行人张友鸾",而《南京人报》正是张友鸾主持的。由此可知,这部中篇的作者、发行者和出版者,其实是三位一体。

还有必要指出,《汗把滥的五爷》列为"南京人报文艺丛刊之三",而该"文艺丛刊之二"正是我以前评述过的1948年6月出版的短篇小说集《魂断文德桥》。由此也可推断,《汗把滥的五爷》最初也是在《南京人报》上连载的。从小说末尾所署完稿日期"卅六年二月十七日"又可推测,连载时间或在《魂断文德桥》诸篇之后。由于《魂断文德桥》大受欢迎,作者一鼓作气,再写《汗把滥的五爷》也未可知。不过,这部中篇不像《魂断文德桥》那样书前有序,但仍在前环衬左下角印上一条说明:"封面:黄苗子先生作图。"

这部中篇的书名有点费解,"五爷"好懂,"汗把滥"什么意思?幸好作者在小说一开头就作了交代:

> 在沙蟹的场合里,五爷爱说一句"汗把滥"。大家也就爱听他这一句"汗把滥"。
>
> 据说,"汗把滥"是广东话,指"全部",或译作"尽其所有",亦无不可。
>
> 然而我们打沙蟹,通常把"沙蟹"两字简称一个"沙"字;也有人说"抬了";至于说"汗把滥"的,只有五爷。五爷并不是广东人,他会说的广东话,也只有这一句。

难怪黄苗子所绘此书封面移用了扑克牌中的"皮蛋"形象。"沙蟹"是英语 show hand 的译名，系扑克牌赌法之一种。"汗把滥"是否为广东话暂且不论，打"沙蟹""汗把滥"，即参与扑克牌赌"尽其所有"，却是不容置疑的了。那么，这部《汗把滥的五爷》写赌博尽其所有的五爷，不是很有意思吗？

小说中的五爷喜欢打沙蟹，喜欢在打沙蟹时威风凛凛地"汗把滥"。他在友人吴经理家的牌桌上结识了李小姐，在沙蟹中不断得到李小姐的"照顾"，场场"汗把滥"，大赢而归。五爷是中年未婚男子，李小姐却是时尚寡妇，两人由陌生到交往到熟悉，终于坠入爱河，中间当然也发生了误会，闹得几乎分道扬镳，结局还是柳暗花明，有情人终成眷属。

虽然《汗把滥的五爷》情节并不曲折，但小说的文笔是流畅的，男女主人公的心理活动也刻画得颇为细腻。尤为难得的是，小说以沙蟹为始终，对打沙蟹的描写极为详细生动，数场沙蟹，横看成岭侧成峰，场场不同，且与男女主人公的爱情主线相辅相成。如果作者不是对沙蟹技术大有研究，颇为熟稔，是断写不出这部中篇的。当时金陵中产阶级男女的日常生活,也由于五爷这几场沙蟹"汗把滥"而得以别样的呈现。

中国现代作家写博弈的极少极少,邵洵美写过"赌博小说"系列,即《赌》《赌钱人离了赌场》《三十六门》《输》等篇,都很出色。他还借《赌》主人公之口称"赌是最伟大的艺术"。而今张友鸾这部《汗把滥的五爷》的发现,则不让邵洵美专美于前矣。

2020年12月6日

辑四 散文家说

《东归随笔》

20世纪上半叶,新文学家赴法国留学,大都乘船走海路,留下了不少文情并茂的海行观感。写去国的有翻译家傅雷的《法行通信》、"新感觉派"徐霞村的《巴黎游记》(上卷),写归国的有画家孙福熙(他曾为鲁迅作品设计封面)的《归航》,都较为有名。日前得到一册曾仲鸣的《东归随笔》,也为其中之一。

曾仲鸣(1896—1939),福建闽县(现属福州)人,法国里昂大学博士。他学的是化学,却喜文学,擅法国文学研究,著有《法国的浪漫主义》《法国文学丛谈》,译有《法国短篇小说集》等,去年有人为之编《颉颃楼诗文集》(2019年3月香港槐风书社初版）。1930年代初起，他长期担任汪精卫秘书，1939年3月21日在河内遇刺身亡，上演了文人从政的一出悲剧。

《东归随笔》，线装一册，连史纸铅字排印，署"民国二十年十二月美成印刷公司排印　开明书店寄售"，可见此书是曾仲鸣自印本。曾仲鸣携夫人、画家方君璧1929年11月27日离开巴黎，28日到马赛，29日晨搭"述方斯号"邮船回国，途中一月有余，12月31日安抵香港。书中较为完整地记叙了曾仲鸣这一个月海行的所见所闻，所思所感。举凡海上晨昏风光、船中旅客百态、各地城市风土人情、往昔生活深情追忆，观察细微，应有尽有。还穿插对法国19世纪政体和文学的评点，讨论巴比塞、杜亚猛（G. Duhamel）等的"法国战时文学"，选译拿破仑、巴尔扎克等的情书和波特莱尔的日记，乃至对法国殖民地安南（越南）华商史的梳理，内容出人意外地丰富，自成一格。

书前有曾仲鸣好友孙福熙序《朱古力的滋味》，告诉读者此书系曾仲鸣第四次自法归国"毅然决然的随时笔录,他抓住了一路可贵的见闻交付给我们,不但上次的珍宝重新找到,而且增添了许多新的花朵"。所谓"上次的珍宝",乃指1925年1月,孙福熙与曾仲鸣同船东归,孙回国后出版了《归航》,曾仲鸣却"只留得当时路中所写即景诗十余首"。在《东归随笔》中,曾仲鸣用心选录了数首,从而使这部游记更具文采和厚度,且看:

> 朝云万态幻楼台,微雾天边渐渐开。三两明帆随日出,偶缠霞片逐波来。
>
> 这是千九百二十五年一月三日,我回国时在地中海书所见的绝句。此次渡地中海,却还有望见帆影。
>
> 晚九时,舟进苏夷士运河……此时,幸是冬候,天气暖和,清风徐来,我们还可以立在船楼闲望……前几年过此,曾咏一绝句:
>
> 沈沈暮霭远天青,波动渔舟响晚铃。一片平沙如浩海,两三野火似寒星。

当然，书中还有多处对殖民者的憎恶和对弱者的同情，也举一例：

> 立在栏边，见岸上一个法国兵打安南车夫，愤极，正想下去向法国兵质问，又见其他无数的安南车夫鼓掌欢笑，以助法国兵的声势，我愀然一叹，不知不觉间也停住了脚步。

这部《东归随笔》，《民国时期总书目》《中国现代文学总书目》均未著录，除了前两章曾刊于《南华文艺》1932年第1卷第4期，后五章均为首次结集。而且，此书是中国现代文学史上仅有的两部线装散文集之一（另一部是俞平伯的《燕知草》，比《东归随笔》早问世一年半，而线装的《爱眉小扎》则是手稿影印本，非排印本），殊难得也。

2020年2月16日

《法国的歌谣》种种

曾仲鸣多才多艺,不仅散文和旧体诗写得好(他与孙伏园、孙福熙兄弟合著、1931年9月上海开明书店初版《三湖游记》,比上文介绍的《东归随笔》还有名),而且在文学翻译上也颇有成就。他不但法译《中国无名氏古诗选译》和《唐人绝句百首》,也中译《法国短篇小说集》,而所译法朗士的小说剧本选《堪克宾》还是左翼的创造社出版部出版的(1927年9月)。手头正好还有曾仲鸣译《法国的歌谣》,可再一说。

《法国的歌谣》,平装32开毛边本,封面和扉页署"曾仲鸣选译",版权页署"精平装定价五角三角上海哈同路嘤嘤书屋发行",无出版时间。这"嘤嘤书屋"有点意思。"嘤嘤"《诗经》中就有,《小雅·伐木》云"鸟鸣嘤嘤","嘤其鸣矣,求其友声",同声相求、同气相应之意也。也就是说,以"嘤嘤"为书屋名,乃是寻求文学同道,共同为勃兴文学而奋斗之意。有趣的是,曾仲鸣许多著译都是嘤嘤书屋出版,如论著《艺术与科学》《法国文学丛谈》、译著《法国短篇小说集》等等。所以,有理由怀疑这个出版机构系曾仲鸣自办,专出自己的文学著译,这种做法在当时文坛很普遍。

《法国的歌谣》到底何时出版?有以下两条线索可寻。一,此书所收译诗均注明翻译年月日,最晚译出的《语牧女,天已雨》和《曼朗曲》两首,诗末均落款"十六,十,七,译",也就是说这两首诗均译于1927年10月7日,据此,此书必定出版于1927年10月以后。二,更进一步,此书末尾附录《本书译者的其他译著》所开列的已出书目中,《法国的浪漫主义》和《法国文学丛谈》两本出版时间最晚,前者1928年4月初版,后者卷末文落款"1928.7.14",

由此应可推断,《法国的歌谣》当出版于此两书之后,即 1928 年 7 月之后,但也不会太晚,因为 1930 年初后,曾仲鸣的兴趣已经转向了。

曾仲鸣在《法国的歌谣》前言中认为:"古时韵文多无规则,而又常系随口随时咏唱,故初民的诗,必为歌谣。后代的樵曲童唱,亦属于歌谣之类。古今歌谣多是表写男女爱慕的怀绪,叙记野奔私会的欢情,法国自然也不能逃出这个文学演进的原则。"书中选译的正是 15 世纪至 19 世纪的法国情爱歌谣四十题五十余首,作者既有文坛大家,更有无名氏,形式则有五言七言、自由体和文白相间,还有白话诗,丰富多样。且录无名氏《莺儿》:

佳人灯畔愁孤独,/ 惟悴怜空屋。/ 多情只有野莺儿,/ 尺素衔来,替人寄相思。

再录大文豪许峨(现译雨果)《狂歌》:

日已斜,霞无色,/ 君为名利奔走急。/ 劝君须小心，／晚间天地多黝黑！

沧海起风波，／岸边云雾多，／天涯与山曲，／茫茫无一屋。／无一屋，／何必前趋速。

荒野夜间盗贼遍，／财物共有人爱恋，／林中鬼魅时常见，／君若遇着艳丽莫昏眩。／鬼魅能迷人，／劝君莫相亲。／林间明月影，／劝君当记省。／月虽明，／多山精，／月下跳舞唱歌声。

虽然曾仲鸣在此书前言中自谦，"抒情的作品，一经迻译，往往失了本来的面目，妙文不能尽量传达"，但尝鼎一脔，或可从中领略他的造诣和译笔。

2020 年 2 月 23 日

现代作家的短序

当年新文学作家出版作品,往往书前有序,交代写作缘由或说明有关事项。写长序者固然有之,鲁迅著名的小说集《呐喊》的《自序》就比较长,而且在文学史上颇重要,而他著名的散文诗集《野草》的《题辞》又比较短,仅五六百字。可见序文长短,同一作者也视文情心情而定,有话则长,无话或少话则短也。

手头有两则较短的序,很有意思。其一是诗人、翻译家罗念生(1904—1996)的散文集《芙蓉城》的《序言》,照录如下:

我是一个粗野的人，身世很平淡，但童年的回忆，并不缺乏美丽的资料（我愤恨"我的童年"）。我生长在四川威远县新乡连界场坝子地方。这集子内除了《芙蓉城》是描写成都风景，和《端阳》文中混着一点成都与资中的色彩外，全是描写这乡野的文字。《鱼猎》文中所叙及的老祖父现已经白发转青，还可以看出他当年的神采，我的父亲现在退老了，正享受着这种生活，他最近来信说："行将养画眉鸟，以畅天机。"这书便敬献与这两代老人。

此序原载 1931 年 7 月《文艺杂志》第 2 期，不到二百字，却言简意赅，把《芙蓉城》的内容、特色和对长辈的敬重交代得一清二楚。但《芙蓉城》当时未能出版，直到十一年后的 1942 年才由重庆西南图书供应社印行。更奇特的是，出版的《芙蓉城》一书中并无这则序，也就是说，《芙蓉城》的这则序和正文"身首异处"了。不妨推测，罗念生一直保存着《芙蓉城》书稿，但序单独发表后未能留底，以至十一年后书稿终于可以付梓,却因战乱一时找不到《文艺杂志》而只好阙如。如果不是见到《文艺杂志》,后人怎会想到《芙蓉城》还有这则缺失的短序?

其二是作家、诗人聂绀弩(1903—1986)的杂文集《海外奇谈》之《序》,也照录如下:

> 这本小书里面的文章,写的时候,心情是非常恶劣的。所谈到的这些人,都是将死,正死,乃至已死的人;他们的那些理论,更是早已死透了的理论。挞伐他们,简直像在鞭尸!鞭尸,我想谁也明白决不是什么愉快的工作。
>
> 我不晓得把这些文章印成一本书,还有什么用处没有。只知道如果国内读者看见了,一定会大吃一惊:世上还有人有着那样的一些见解,也还有人批评那些见解!说不定会根本不相信。因此,把这本书叫做《海外奇谈》。
>
> 封面画采自《西游记》,聊以助兴。
>
> 作者　一九五〇,国庆日

聂绀弩此序只比罗念生的多了二十余字，1950年10月1日写于香港，不久他就回内地了，《海外奇谈》则于当月由香港求实出版社初版。此书四面出击，火气十足，大批作者当时认为的包括傅斯年、钱穆等人在内所发的"海外奇谈"，此序同样如此。在当时的历史背景下，他这样写并不奇怪。十多年后他被打成"右派"下放北大荒，写出了"文章信口雌黄易，思想锥心坦白难"的诗句，就沉痛深刻多了。

聂绀弩与罗念生都是我敬重的前辈，我与罗先生有过一面之缘，与聂先生见面就更多，而且都通过信。但那时年少，根本不知有《芙蓉城》和《海外奇谈》两书，否则为这两则短序请益，也许会引出更多的文坛故事，而今只有遗憾了。

2020 年 9 月 27 日

钱锺书的《起居注》卷十四

友人赠我一册《钱锺书日记·起居注卷十四》,小 32 开精装,繁体字横排,正文 132 页,卷前置钱锺书杨绛合影一帧,卷末页署"印制鸣秋轩 半亩方堂 排版东欧麦威 时间二〇二二年五月 印数叁拾本",我所得为"编号 06"。书前又有印行《说明》:

> 本册日记,钱锺书先生起名"起居注卷十四",始自二十二年十月二十五日,终于翌年二月二十八日;以病未记者八日,因冗未记者六日,度岁未记者五日,阙逸三日,似为先生日记

尽毁之遗珠，由尤金（字景默）整理并注释，载于豆瓣"犹今视昔"二〇二〇年十一月七日至二〇二一年一月九日。几位热爱研读日记的同道提议打印若干以便研究之用，嘱鸣秋轩与半亩方堂操办，其内容悉从尤金整理本，印数三十，编号付梓。此事纯为一时雅兴，如有不到之处，祈多担待。特此说明。壬寅四月初一，半亩方堂主人、鸣秋轩主人同启。

此册钱锺书日记之来龙去脉，《说明》中已交代清楚。钱锺书有记日记的习惯，至少《起居注》还有前十三卷，此后也记过日记，而今均已不存，不能不令人扼腕叹息。也因此，这天壤间仅存的一册弥足珍贵。它真实地记录了钱锺书 1933 年 10 月至 1934 年 2 月在上海私立光华大学英文系执教时的恋爱、生活、阅读、写作和交谊，一个博览群书、才智过人又臧否无所顾忌的青年钱锺书呼之欲出，且文笔简洁，庄谐并重。摘录数则，以见一斑：

十一月一日　傍晚日出。夜月甚美,清冷可爱。得季(指杨绛)书,即复。作书致霞妹。诗学、英文散文。一学生来谈。为挺生题跋所得书。阅 *Modern American Poetry*,至晚毕之。阅 F. L. Lucas: *Authors Dead and Living* 毕。阅番禺陈璞《尺冈草堂遗诗》毕。清健有性灵,五律、七古最善,七律有句无章。

十一月二日　学生来。作书致丸善购书。得张其昀书、李长之书。得公超师书,欲余主干《新月》,即作长复,文采颇佳。师来书云郑西谛、傅东华皆不通,戏名之曰"杂脍"。余复云:"此二人一东一西,不是东西,直 kitchen middens 而已。称之曰'杂脍',尚见吾师忠厚也"云云。

十一月五日　雨。管略请小心。上午十一时五十二分特快来沪。同车一六岁女郎,眉目如画,明媚可爱。玩其风神,大似季康。想伊六岁时,亦如此娇稚也。与之调笑,聊遣途中岑寂。

十一月十一日　公超师前问予"神均"(即"神韵"),予谓"神均"非 suggestion 之谓,

suggestion 非求不能得其意,"神均"求则并"神均"而失之矣。风月清美,欲出无侣。对影孤坐,不可为怀。

十一月二十六日　改定《文学史绪论》,学无止境,于此益信。作书致张晓峰。阅法文。录《青鹤》所载《瓶水斋论诗绝句》毕,作一跋,极精博。翻书为李高洁寻一事。与学生谈。阅 *On Life & Letters* 第一辑毕。圈《小谟觞馆诗》。风和月好,似初春佳日,无人可共,独享为愧耳。

十二月六日　喉又微痛,服药旋愈,心甚恶之。诗,英文散文。阅 *On Translating Homer*,*Love-Letters of a Worldly Woman*,皆毕之。又阅《新华春梦记》,其首二卷,不失为奇作。不得季书,意甚愤郁。

十二月十日　阅杂书。夜寒彻骨,拥被清坐,闻村犬吠风霜中,狺狺不息,怃然久之。虽背毛腹毪,而户外霜浓风峭,寒威不可禁当也。强聒勿舍,吾甚愧之。

2022 年 6 月 26 日

关于《浮世杂拾》

近日得到一册王尘无（1911—1938）著《浮世杂拾》，勾起了我的一段回忆。

1990年代初，时任华东师大图书馆副馆长的我，经常参加上海一些文坛老人的聚宴。1995年10月，一次宴罢送金性尧先生回寓，途中金先生嘱我为他借《浮世杂拾》。我当然遵命，但因事忙未能及时办理。他老人家在10月29日来信说：

> 前恳代觅王尘无《浮世杂拾》，不知为何？念念。此书估计贵馆定有收藏，务恳设法一找，我只要借五六天就可以。如找得，乞函知。

不料金先生的估计落了空,敝馆未藏此书。他在 11 月 14 日又来信说:

> 前荷惠允借王尘无《浮世杂拾》事,此书在上图必有收藏,弟无熟人,商借不易。兄通过单位关系,不难借得。我只要借三四天即可,也即写一篇一二千字文章。

原来金先生要撰文忆王尘无,急于参考此书。我不敢再怠慢,马上把此事办妥了。后来金先生的《尘无的〈浮世杂拾〉》刊于 1996 年 1 月 20 日上海《文汇报·笔会》。他称亡友为左翼文学的"鬼才",影评和散文的"能手",这是很恰当的评价。金先生还建议重印王尘无这本"传世的唯一遗著",可惜廿五年过去了,这个愿望仍未实现。

而今我终于拥有了《浮世杂拾》。此书 1941 年 9 月上海长城书局初版,列为"长城文艺丛书之一"。这是王尘无逝世三年之后由友人桑弧最后编定的,桑弧还写了《校印后记》,书前又有柯灵的《序》。蹊跷的是,"目次"上印了"序",正文中却并无序。难道此序违碍,付印前抽去?再小心翼翼翻阅此书,才发现在扉页之后"目次"之前,被撕去了两页,几乎不留痕迹。毫无疑问,这被撕的两页,正是柯灵的序。如此说来,我得到的这册《浮世杂拾》只是个"残本"。是什么人,又为什么要撕去这篇序呢?

柯灵先生后来把这篇序改题《尘无纪念——〈浮世杂拾〉序》收入他的散文集《长相思》(1982年11月上海文艺出版社初版)。从中可知,他原先主张由夏衍作序,但夏衍当时已经离沪,实在联系不上,才只好由他"勉为其难"。王尘无虽然只活了短短廿七个年头,却以"浮躁凌厉"的影评享誉文坛,在左翼电影评论史上留下了浓重的一笔。然而,王尘无并非只有"浮躁凌厉"一副笔墨。

《浮世杂拾》在王尘无生前已初步编成,他还写了《小引》,开头就明确表示:"知堂先生译永井荷风的关于浮世绘的一节文字,我读了非常欢喜。"并进一步引申道:

"浮世绘"是描写浮世诸色的绘画。所以,那里有浮世的趣味,也有浮世的悲哀。"唯其能哀,所以能乐。"此我之所以读了上边一节其实是悲哀的文字,而欢喜者也。

这大概也是王尘无把这本小书命名为"浮世杂拾"之由来。如何评价《浮世杂拾》? 柯灵序中这段话说得十分贴切,就抄录在下面:

> 尘无还有他"缠绵悱恻"的一面,《浮世杂拾》正是这一类。(写作时期,当在一九三六年秋至次年夏秋之间。)寂寞的小街,冷落的荒园,漂泊的旅人,无依的少女,疾病、衰亡、秋风、夜雨,夕阳烟柳晚晴天……流贯在这些文字里的一片轻愁,真是沁人欲醉。用他自己的话来说,这大约就是"灵魂的暂时'软弱'"吧?

2021 年 5 月 9 日

名家自述处女作

1947年12月11日上海《大公报·出版界》第62期刊出"作家及其作品特辑",编者潘际垌向当时上海、北平两地作家学者提了三个问题:"一,我的第一本书是什么?二,它是怎样出版的?三,我的下一本书将是什么?"巴金、叶圣陶、靳以、袁水拍、胡适、郑振铎、费孝通、钱锺书、张奚若、李广田、陈达、吴景超、傅雷、丰子恺、冯至、沈从文、潘光旦、吴晗等十八位交了答卷(以收稿先后为序)。这些回答均有史料价值,且列举一二。

先看钱锺书的回答:

> 一，一部五七言旧诗集，在民国二十三年印的。二，几个同做旧诗的朋友怂恿我印的，真是大胆胡闹。内容甚糟，侥幸没有流传。三，《谈艺录》，用文言写的，已在开明书店排印中。正计画跟杨绛合写喜剧一种，不知成否。

钱的回答很有意思。从中得知其处女作是"一部五七言旧诗集"，但又卖了关子，不说书名。当然，钱自己对之很不满意，自嘲"侥幸没有流传"。现在我们已知这部旧诗集名《中书君诗初刊》，为钱1934年底自印，选其1934年春至同年秋所作部分旧诗，时其正执教上海光华大学。此书印数极少，分赠亲友师长之余，确实未能"流传"，但还是保存下来了。上海图书馆就藏有一册，系钱题赠前辈诗人李拔可者是也。

对最后一个问题，钱的回答也值得注意。除了《谈艺录》半年之后问世，他还"计画跟杨绛合写喜剧一种"，这是我们以前根本不知道的。杨绛共出版了三个剧本，即《称心如意》《弄真成假》和《风絮》。另有公演过的《游戏人间》,但未出版剧本。《风絮》1947年7月由上海杂志公司初版,此后再无剧本问世。而钱锺书这个合作"计画"五个月后才透露,因此,可以确定后来"计画"未能实现。这无疑是一件憾事,否则以钱杨的文才,这部合作的喜剧如写成,一定令人捧腹。

再看沈从文的回答:

一,《鸭子》(戏剧集)及《蜜柑》(小说集)。民国十六年出版,《蜜柑》是一位教授的故事,收在选集中。二,《蜜柑》是余上沅太太陈衡粹画的封面,由徐志摩拿到新月书店出版,《鸭子》在北新由李小峰以一百大洋买去的,那时一百大洋可过十个月的苦日子。三,《长河》续写了二分之一,《小魇》也未写完,《雪晴》十章已写了四章,生活不安定,不知那一本能先出版。

沈的回答很有趣。他的处女作到底是哪一本?给出的两本，《鸭子》北新书局1926年11月初版，是新诗、散文、小说和戏剧合集，这才是沈真正的处女作。而短篇集《蜜柑》1927年9月才由新月书店初版。但沈透露《蜜柑》这篇是写"一位教授"和《蜜柑》集子由陈衡粹设计装帧，也是以前不知道的。《蜜柑》由徐志摩安排出版，以前只是推测（参见张新颖：《沈从文的前半生》），从这个回答也终于得到确认。

至于沈所说正在写的几部书中，《长河》后于1948年8月由开明书店出版改订本，《雪晴》已完成的四章是否即《沈从文全集》所收互有关联的《赤魇》《雪晴》《巧秀和冬生》《传奇不奇》四篇（后三篇均刊于1947年），待考。《小魇》只留下了一个书名，《沈从文全集》列为"有待证实的书"。写此回答三个月后，沈从文受到郭沫若等的猛烈批判，他的厄运开始了。

2020年9月6日

邵燕祥的长跋

记忆中与邵燕祥先生首次见面，是 2005 年秋在嘉兴巴金国际学术研讨会上。次年我主办"黄裳散文与中国文化"研讨会，黄裳先生点名邀请邵先生，又得以在上海再见畅叙。

2012 年秋，《文汇报·笔会》举办南京笔会，邵先生和我都在被邀之列，我带了友人代购的他的散文集《小蜂房随笔》（百花文艺出版社 1993 年 6 月第一次印刷）签名本去，请他再补一个题签留念。此书是邵先生在内地出版的著作中印数最少的两种之一。他见书后很惊讶，奇怪我竟觅得此签名本，当即表示要再写些话。第二天他才把书给我，轮到我吃惊了，竟

写满软封和正反前环衬整整三页,不啻一篇短文,照录如下:

子善兄在书肆淘得此书,嘱签名,爰据记忆略述始末。请注意此书版权页载明1989年9月第一版,而延至1993年6月始付第一次印刷,近四个整年,而最后仅印一千册,从当时历史背景看,足见出版过程之坎坷,亦可见责编范希文兄为促成此书印行坚持之劳力,殊属难得,令我感佩。封面作者签名亦系希文兄代笔,盖当1989年9月发稿前夕,一则编务繁忙,二则情格势禁,多所不便,应予理解并示谢忱。

看此书品相,无翻阅痕迹。应是我签名题赠后置入封袋,有待查补详尽地址邮编,而置书刊堆中,日久忘却,处理报刊时未能检出,遂失填址付邮之机,沦为废品站拾荒的猎物了。

上款曰"晓青同志",按我接触范围中,名晓青者二人,其一田晓青,民刊《今天》一员,但我与他相识乃在九三年之后,知他已在民办非卖品《往事》从事编辑时，故可排除；另一位为邹晓青同志，一九四九年即为《东北日报》副总编，一九五八年在中央广播电台被批为"温（济泽）邹张反党集团"之一员。一九六〇年我以摘帽右派一度调入广播学院，他任我所在汉语教研组组长。后长期无过从，或避嫌或"相忘于江湖"吧。九十年代初，可能即在九三、九四年顷，曾邂逅于途，稍事寒暄。路遇偶语未能尽意，遂思约期一叙。想随信附寄一册小书，后因种种想法，信没有写，书亦忘到故纸堆中。原因不止一个，主要的据我回忆，多年因我与晓青同志虽同属特定时期落难之人，但有限的接触，一是文革期间专政队，绝少交谈；一是在广院又成上下级，且政治处境压抑，不得不顾虑交浅言深，未必恰当，而去找高龄老人，却无非忆倒楣之旧或将影响对方心境和健康，岂非多此一举乎？

九十年代初若无此"活思想"，这本赠书匆匆付邮，今天就不一定落到子善兄手。然则将落到何处，谁又能说清呢？

燕祥壬辰秋分于紫金山庄

《文汇报·笔会》的笔会上

邵先生这篇题跋写得十分周详，从此书付印时间、印数、封面作者署名，一直写到认定这本签名本其实并未寄出，上款"晓青同志"到底是何人，他与邹晓青先生的关系和为何题写了上款而未寄出，有追述，有分析，有感慨，娓娓道来，和盘托出。这篇长跋的信息量很大很清楚，不必我再解释什么了。

作为一位对自己经历的时代有深刻反思的诗人、散文家，邵先生在中国当代文学史上自有其不可忽视的地位。如果为邵先生编辑全集，窃以为这篇长跋应该收入。

2020 年 8 月 2 日

贺《叶灵凤日记》出版

期盼已久的《叶灵凤日记》终于在 2020 年 5 月由香港三联书店出版了。在我看来,这不仅是叶灵凤研究史上的一件大事,也是香港文学研究史上的一件大事,同时还是中国现代文学研究史上的一件大事。

《叶灵凤日记》由"卢玮銮笺　张咏梅注释",从起意到完成,历时十年左右。八九年前到港,叶中敏女士邀我在中环太古广场饮下午茶,因我在内地编选过叶灵凤的作品,经罗孚先生介绍,我们一直有联系。我还与叶灵凤夫人赵克臻女史在上海见过面。就在中环这次饮茶时,叶中敏女士告诉我,叶氏后人已同意出版叶灵凤日记,整理工作将交给卢玮銮老师。

听到这个喜讯，我举双手赞成。作为一个对叶灵凤略有涉猎的研究者，我深知叶灵凤日记如能问世，将会对叶灵凤研究意味着什么，我也始终认为"香港文学守护人"卢玮銮老师是整理叶灵凤日记的最佳人选。而今三大卷《叶灵凤日记》摆在我面前，摩挲翻阅，足可想见卢、张老师为整理这部日记所花费的时间和心血。更使我惊喜的是，卢老师还作了"笺"，张老师还加了"注"。

叶灵凤是南京人，1925年在上海登上中国新文坛，在其长达半个世纪的文学生涯中，有整整三十七年是在香港度过的。完全有理由这样说，南京是他的第一故乡，上海是他的第二故乡，香港就是他的第三故乡。他所留下的这部虽然并不完整却内容丰富的自1943年至1974年的日记，是他中后期也即在港时期思想、情感、交游、阅读和创作的真实记录。日记中不时流露出叶灵凤对他所居住的香港的关注和挚爱，他大概是内地"南下作家"中对香港"认同感"最强的，香港的一草一木，一人一事，他都有极为浓厚的兴趣。日记中大量记载了他搜购、收藏、钻研、评介关于香港历史、自然风光和独特风土人情的中外古今的各种书籍，数量之多，门类之广，简直使人惊讶不已。而对他所处的香港不同时期所发生的大小事件，日记中也有很多及时的反映，这也是难能可贵的。

日记是作者录以备忘备查的，对后来的读者而言，发现许多空白、许多草蛇灰线和许多言而未尽之处是必然的。因此，对日记作"笺"加"注"，就十分必要了。读《叶灵凤日记》，卢老师的"笺"和张老师的"注"，就是不可或缺的很好的提示和引导。不妨举一例。1951年2月23日叶灵凤日记曰："柳木下来谈，谈及纪德之死……"张老师对柳木下（刘暮霞，1914—1998）其人作了简要介绍，而卢老师更作了长达四百多字的笺注，较为详细地回顾了她与柳木下交往的始末，指出："柳木下本有诗才，惜一直精神似有毛病，疏于执笔，生活窘迫。"1968年5月20日、27日叶灵凤日记也有柳木下"精神混乱"的记载。刘暮霞与鲁迅通过信，《鲁迅全集》收入鲁迅1935年12月4日致他的信，但未能注出他的生卒年；

闻一多1940年代编《现代诗抄》，选了柳木下的两首诗《在最前列》《贫困》，大诗人戴望舒也不过入选三首，可见闻一多对他诗才的认可。可惜柳木下晚景凄凉，令人唏嘘。由此也可证明，卢老师的"笺注"并非可有可无，它提供了宝贵的第一手史料，使读者对柳木下的晚年有了真切的认知。

2020年7月5日

辑五 诗坛点滴

珍本新诗集《忆》

《忆》是一部配图新诗集,1925年12月北京朴社初版。诗作者俞平伯以《忆》为总题的三十六首分别作于国内和美国的新诗,"附录"的旧体诗词九题十五首,以及作者《自叙》,均为毛笔楷书影印。配图作者署名T. K.,即丰子恺,共配漫画十八幅,其中八幅为彩色插图。又有署名"莹环"的《题词》和朱自清作《跋》,也都是毛笔手书影印。因此,《忆》虽署"著作者 俞平伯",其实是俞平伯、丰子恺和朱自清三位新文学名家合作的结晶,是一部别致的新文学手稿集。

在《忆》之前,俞平伯已经出版了《冬夜》和

《西还》两部新诗集（先后于1922年3月、1924年4月由上海亚东图书馆初版）。《忆》是第三部，也是他的最后一部新诗集。也许因为《忆》印数很少，所以后来的论者在讨论俞平伯的新诗贡献时，就只提《冬夜》，几乎不提《忆》。陆耀东著《中国新诗史》第一卷（2005年6月长江文艺出版社初版）就说：《冬夜》"被视为新诗写实派继胡适《尝试集》之后，往前发展的标志之一"，并详加分析，而《忆》只列出一个书名而已。

平心而论，《忆》中也有很多流丽可诵的好诗，且举写上海的第十九首：

> 朝阳在苏州河上朦胧着，/有雾哩。/我不认识那里是，/船家嚷："上海到啦！"
>
> 车马，高大的房子，人，尘土……/为什么都是这样的纷纷扬扬？/都这样的嘈嘈杂杂？
>
> 总是向来所未曾有的。/于是在初明的朝晖下，/瞥见上海市鲜活的片影；/即使后来人说是灰色的影子。

此诗生活气息较为浓厚,对"十里洋场"上海晨景的描写也较为生动。比较广受推崇的郭沫若《女神》(1921年8月上海泰东图书局初版)中的《黄浦江口》《上海印象》等诗,未必逊色多少。

《忆》后来之所以被新文学书收藏者特别看重,主要还在于这部新诗集的装帧。《忆》是虎皮宣纸封面,线捻装,开本娇小,可谓独树一帜,惹人喜爱。从出版时间看,《忆》是继《志摩的诗》线装本之后,新诗史上第二本线装诗集,仅比《志摩的诗》晚出四个月。但在当时,这种"新书古装"颇受非议。1926年10月上海《幻洲》第1卷第2期发表的潘汉年《钉梢"洋翰林刘复复古"》一文,在批评刘半农的新诗集《扬鞭集》线装本(1926年10月北京北新书局初版)时,也捎带上了《忆》:

> 继徐诗哲而起的,是一位过时诗人俞平伯。你看见他那本《忆》没有?这才是古色古香,颇有乃祖曲园先生的古风哩。非特用洋宣纸线装,而且里面还是手抄而不印的。(其实就是手稿影

印——笔者注）

当然，现在看来，这种观点未免滑稽。线装只是一种书籍的形式，为什么新文学创作就不能印线装本？鲁迅后来印《梅斐尔德木刻士敏土之图》和《凯绥·珂勒惠支版画选集》，不也都是线装本吗？

2004年3月，杭州华宝斋书社印行"新文学珍本丛书"，共十种，原版都是线装本，《忆》当然也在内，而且是其中三部手稿集（另二部是刘半农编《初期白话诗稿》和徐志摩的《爱眉小扎》）中最早问世的，殊为难得。只是《忆》是次影印，所据底本为1990年代影印本，而非真正的初版本，故封面已改为磁青色而非虎皮宣，很可惜。

2021年7月18日

附记

本文发表后，袁洪权教授提供1925年12月26

日《燕大周刊》第88期所刊《忆》出版广告云:"俞平伯著,丰子恺作插画,孙春台作封面画,朱佩弦作跋。诗意简明,不但成人可读,儿童亦可读。影印的手写本,装饰精美。"始知《忆》虎皮宣封面上香炉与瓶花古色古香的图画,乃出自留法画家孙福熙(字春苔)之手。

于赓虞的诗

于赓虞（1902—1963）是中国新诗史上特立独行的一位诗人，有"恶魔诗人"之誉。他是河南西平人，沐浴了五四新文学洗礼，喜爱新诗，一生共出版了五本新诗集，即《晨曦之前》《骷髅上的蔷薇》《世纪的脸》《魔鬼的舞蹈》和《孤灵》，起自1926年，止于1930年，短短五年，平均一年一本，不可谓不多产。然而，1930年以后，他就基本上停止了歌唱。

《晨曦之前》是于赓虞的处女诗集，也是中国新诗史上第三本线装新诗集（前两本是《志摩的诗》和俞平伯的《忆》），1926年10月北新书局初版，列为"无须社丛书"第一种。此书形式别致，"卷首"（序言）为一首四句诗：

我生活于人间犹如死尸沉寂的，/无语的躺卧于荒草无径的墓地；/我凄泣于人间犹如夜莺微弱的，/寂冷的低吟于幽邃寒森的古林。

"卷末"（后记）也是一首四句诗：

我不曾向人轻意的微笑疏忽的发言，/这宇宙呀只是一个冷厉骄矜的面颜；/空空漠漠的消逝了一去不返的芳年，/不曾折下来一朵黄花留作纪念。

新诗集常有"序诗"，但"卷首"和"卷末"均是诗作，在现代新诗集中恐怕绝无仅有。而于赓虞奇崛沉郁、忧愁伤感的诗风，由此也可见一斑。

于赓虞最后一部新诗集《孤灵》，也是北新书局出版的，时在1930年7月，为毛边本。我所藏还是签名本，扉页左上角有作者钢笔题赠：

敬请　丙辰先生评正　　　　　膝虞

"丙辰先生"无疑指杨丙辰。杨丙辰是中国德语文学学科的创始人，北大、清华的第一代中国籍德语教授，冯至、李长之、季羡林、杨业治、田德望等著名学者和翻译家都出自他门下，他自己也译有席勒的《强盗》、歌德的《亲和力》和霍普特曼的剧本等。杨丙辰长期被埋没，近年才逐渐为内地学界所关注。而于赓虞赠书杨丙辰，请杨丙辰"评正"，也可见他当年的交游。

朱自清后来编《中国新文学大系·诗集》，选入于赓虞的《影》《飘泊之春天》等五首诗，并认同沈从文所说的于赓虞"表现的是从生存中发出厌倦与幻灭情调"。但朱自清把于赓虞归入前期新月派一群，却未必恰当，他只是在徐志摩主编的《晨报副镌·诗镌》上发表过几首诗而已。

当然，我前面说于赓虞 1930 年以后停止歌唱，系指他不再出版新诗集而言，并非绝对，他后来偶尔有感，仍再执诗笔。抗战胜利后，诗人臧克家到上海

主编《侨声报》副刊《学诗》。1946年9月12日《学诗》第一期上就刊出于赓虞的《金字塔》一诗,照录如下:

> 经了千载的风雨,/日月不息的照临,/听无数欢笑,叹息,/你这哲人的哲人。
>
> 你这沉默的神工,/含着人类的悲欢,/时间虽对你搔首,/但你仍微笑无言。
>
> 似游云我来这里,/对你点头与微笑,/在你胸上写了名,/我又似云般去了。

于赓虞1935年4月赴伦敦大学研究英国文学,一年后回国。他来回途中想必到埃及游览过,才写下了这首诗。《金字塔》全诗三段十二行,借咏"世界七大奇迹"之一的胡夫金字塔,饱含对"人类的悲欢"的沉思。

现代新诗人中,徐志摩在《梦游埃及》《地中海中梦埃及魂入梦》等诗中写到金字塔,郭沫若虽然写过《金字塔》,但他写诗时并未到过金字塔。到过金字塔并专以金字塔为题的诗,似只有于赓虞这首,虽然不能算他的一流之作,毕竟很难得。

          2021 年 3 月 21 日

李金发与《唐豪瑟》

李金发（1900—1976）是中国现代象征派诗歌的开创者，以《微雨》《为幸福而歌》《食客与凶年》三本新诗集崛起于新诗坛，并收获了"诗怪"的称号。《唐豪瑟》（又译作《汤豪舍》）则是德国大音乐家瓦格纳（1813—1883）的一部歌剧。两者似风马牛不相及，何以能够联系在一起呢？

原来李金发写过一首诗咏《唐豪瑟》。这首诗收在他的第一本诗集《微雨》（1925年11月北京北新书局初版）里，题为《Tannhäuser（Wagner之悲剧)》（《微雨》初版本中 Wagner 误印作 Woguer，以下简称《唐豪瑟》诗)。《微雨》里的诗，除了少数三

四首先行刊于《语丝》《时事新报·学灯》外,大都是首次发表,这首《唐豪瑟》也不例外。诗不长,照录如下:

若干年前诗人想杀上帝,/若干年后上帝杀了诗人。

他奏乐在宴会里,/几被剑儿刺死了。

淡月朦胧地,/黑夜潜步来了:

赤脚牧人的笛儿,/与歌童出入在黄叶里。

诗人想:该报谁的恩惠,/但 harpe 既破碎,奈何!

就这么一首短诗,才五节,每节只有两句,总共不过八十来字,却用独特的诗的语言写出了作者对歌剧《唐豪瑟》的观感。瓦格纳这部作品作于三十二岁,是他继《黎恩济》《漂泊的荷兰人》之后第三部较为成熟的歌剧,写宫廷诗人唐豪瑟以一个普通平民的身份,破坏社会习俗,爱上伯爵侄女的故事。歌剧试图揭示"人的心灵"是"肉与灵、地狱与天堂、撒且与上帝的主战场"(波德莱尔语),其音乐"堪称这个时代最美、最好的旋律",对感官和宗教对立的呈现"简洁而又详尽"(U. 德吕纳:《瓦格纳传》),甚至还有研究者认为"《唐豪瑟》其实更像在讲述瓦格纳自己的神秘故事"(C. 蒂勒曼:《我的瓦格纳人生》)。

稍加比对,就可发现,此诗中"他奏乐在宴会里,/几被剑儿刺死了"的诗句,正是歌剧第二幕中的情景,可见李金发确实观赏过这部歌剧。不过,李金发是在何时何地观赏歌剧《唐豪瑟》的,已难以查考。李金发1919年冬赴法留学,1920年秋开始写新诗,1921年秋入巴黎国立美术学院深造,1922年冬又赴德国柏林游学。这段时间里,他到底在巴黎还是在柏林看的《唐豪瑟》,无法确认。《微雨》中的有些诗末尾注明写作年份,《唐豪瑟》诗却没有,以至此诗作于何时,也已无法确认。但从诗题和诗句看,李金发这首诗写瓦格纳的《唐豪瑟》是确定无误的。

当然,《唐豪瑟》诗在《微雨》中并不起眼。卅五年前北京大学孙玉石先生编《象征派诗选》(1986

年8月人民文学出版社初版），为"象征派"正名，李金发不但置于卷首，而且《微雨》中选入的诗多达廿四首，有名的《弃妇》《里昂车中》《幻想》《有感》等都在其中，但《唐豪瑟》诗未入选，可见此诗不入孙先生法眼，后来的李金发研究者也大都忽略此诗。但对中国的瓦格纳接受史而言，此诗并非可有可无。除郭沫若、郁达夫、徐志摩、丰子恺等作家在诗文中写到瓦格纳之外，介绍瓦格纳给国人的新文学作家又增添了一位李金发，这是令人欣喜的。有趣的是，李金发和郁达夫不约而同都写了《唐豪瑟》，可谓无独有偶，只是郁达夫写的是小说（《银灰色的死》），而李金发写的是诗。

2021年12月19日

"诗怪"李金发的译著

日前得到一册《托尔斯太夫人日记》,李金发译,1931年11月上海华通书局初版。这本不厚的小册子,是李金发1949年前在内地出版的最后一本译著,流传甚少。《李金发诗全编》(2020年12月四川文艺出版社初版)所附录的《李金发年谱简编》中,此书虽已系于1931年,但只说"同年,所译《托尔斯泰夫人日记》亦由华通书局出版",一未像其他李氏著译那样注明出版月份,二把"托尔斯太"误作通译的"托尔斯泰",想必编者并未见到原书。

在中国新诗史上,李金发是一个响亮的名字。他留学法国,深受波德莱尔和魏尔伦影响,以三本新诗集，即《微雨》《食客与凶年》和《为幸福而歌》，将象征主义这匹"怪兽"从法兰西带入中国，尝试打通西方现代诗歌与中国古典诗歌的壁垒，开创了中国象征派诗歌，在新诗坛引起极大的"骚动"，而他也收获了"诗怪"的称号。《微雨》和《食客与凶年》能够问世，全得益于周作人的赏识，他将这两本风格奇异的新诗集列为他所主编的"新潮社文艺丛书"第八种和第十一种出版，才使现代文学史上出现了这位与众不同的新诗人，其流风遗韵一直延续到内地1980年代的诗歌创作。

李金发除了写新诗，也搞翻译。他翻译的第一本书是《古希腊恋歌》，希腊女诗人碧丽蒂著，李金发据法国贝尔鲁易的法译本转译，1928年5月上海开明书店初版。《托尔斯太夫人日记》是他翻译的第二本书，且录是书《弁言》如下：

> 这个难能可贵的日记，乃托尔斯泰（原文"泰"字——笔者注）生平友好H. Kaminsky从俄文译成法文，我又从法文转译的，其中许多注

释，是K氏所写的，他是家庭朋友，所云当然非常真切。

在此日记中，可以看出他们爱情之变迁，生活之真相，终至两方形同水火，有托氏八十二岁时抛弃家庭之悲剧，其有不能忍之痛，自不待言。读此日记，可知其破裂之原委。

按托氏少年淫荡无度，至三十二岁时，始稍敛锋芒，卒钟爱了家庭医生的女儿，其时她只有十八岁，两人情爱之热度，几非言语所能形容，计一生同居四十八年，为他生了十三个儿女，日常帮助他著作生涯，为力不少——如抄写《战争与和平》至四次之多——然卒至感情日恶，彼此不可一日居。托氏晚年思想变幻奇突，非常人所能揣度，实有以致之，然托尔斯泰夫人，性过专横，又习于华贵生活，压迫着托氏透不出气来，亦是一大原因。故批评家Montherlant叹道：这样一个托尔斯泰，为一妇人所障碍，已经太过，他的前程上，为一妇人所反对，真是不可忍，他为一妇人而痛苦，更是可恶了！

计此本子中有追忆,有日记,有传记的一部,但为便利起见,统名之曰日记,请读者注意。

《弁言》简明扼要,且文字清通,与李金发的诗形成鲜明对照。由此应可推断,李金发诗的"晦涩难懂",或许正是他的刻意为之。

《托尔斯太夫人日记》书末附"本书译者其他著述",从中得知李金发还有《肉的图圄》《地狱》《灵的图圄》《北京的末日》《金发艺术论集》在"印刷中",但除了《北京的末日》(法国罗蒂著)曾连载于1930年11月至次年3月《前锋月刊》第2—6期,1989年更名《在帝都——八国联军罪行记实》由人民日报出版社出版,其他当时均未出书,很可惜。

2021 年 12 月 26 日

朱湘和许地山的书

现代诗人、翻译家朱湘1933年12月5日在上海至南京的客轮上投江自尽,年仅廿九岁。他喜藏书,专门写过一篇《书》。但他殁后,藏书归于何处?我们以前并不清楚。日前见到一册英文版《希腊英雄传》卷三精装本,为伦敦 J. M. DENT & SONS LTD. 出版,"人人文库"丛书之 409 种。此书封二上方粘贴有一纸,将其视为别具一格的藏书票也未尚不可,纸上印有一则题为《追思》的英文短文,译成中文如下:

> 这是我所有收藏中的编号为第__本的外文书,它是我以适中的价格从已故教授朱湘的遗孀

那里买来的。朱湘教授于去年在长江跳江自杀。朱太太以三百美元价格将他的整套藏书转交给我保管。同时,她热切希望这些老旧但是珍贵的书籍交到一个可以信任的能与之有共鸣的人手中,以此缅怀她不幸逝世的丈夫和一位诗人。

> 洪君格
> 1934 年中秋节,长沙

这段话清楚地显示了这册《希腊英雄传》的来龙去脉。而之所以把收藏者的英文名回译成"洪君格",当然有确凿的根据。《新文学史料》1982 年第 3 期刊出朱湘好友、作家罗皑岚的《朱湘的书籍》一文,写他 1938 年夏在湖南湘潭老家为借书读,拜访湘潭邮局局长洪君格,在洪家见到他所藏的一大批"留美专治文学的诗人"朱湘的藏书,系购自朱湘遗孀,这就跟《追思》所述完全一致了。洪君格能以高价(三百美元在当时不是小数目)购下朱湘的藏书,说明他确是一个爱书人。此书前环衬上有毛笔横书"希腊英雄传卷三"七个字,遒劲有力,疑为朱湘手笔。毛笔书名左侧又有竖写的"诗人朱湘遗书"七个钢笔字，当出自洪君格之手。前环衬上又有编号"150"，可能此书为洪君格所购朱湘藏书之第 150 册。此书后来易主，1951 年归了一个叫"张契"的人所有。再后来，此书的经历就不可知了，直到这次奇迹般出现在上海。

再说文学研究会发起人之一、香港大学中文系教授许地山的书。许地山的最后七年是在香港度过的，他 1941 年 8 月 4 日在香港逝世后，丰富的藏书大部分归了香港大学图书馆。日前又有幸得到一册英文书《科学方法：自然法则的性质与效力探析》(Scientific Method: An Inquiry into the Character and Validity of Natural Laws) 精装本，A. D. Ritchie 著，伦敦 KEGAN PAUL, TRENCH, TRUBNER & CO. LTD. 于 1923 年出版。此书扉页上有许地山的竖写钢笔签名：

　　　　许地山　　二十八年　　香港

扉页空白处正中又钤有一方圆形闲章"面壁斋"。"面壁斋"是许地山在香港的书斋名。据许地山夫人周俟松与杜汝淼合编的《许地山研究集》(1989年5月南京大学出版社初版)可知,当时许地山家中悬挂的"面壁斋"横幅是大书法家沈尹默所书。

此书封二粘贴香港大学图书馆"明德格物"藏书票一枚,票上又有打字英文"from the collection of Prof. Hsu Ti-shan",可见此书是许地山捐赠港大图书馆的。不知为何后来流散出来,辗转多年之后,终于到了内地一位爱书人手中。

朱湘所藏这本是史学书,许地山所藏这本是哲学书,或可见这两位中国现代文学青史留名的作家读书之广博,视野之开阔。中国现代作家的藏书,保存得最好的是鲁迅,珍藏于国家图书馆和鲁迅博物馆等处,胡适留在大陆的旧藏大部分藏于中国社科院近代史研究所,巴金的藏书也分藏于国家图书馆和中国现代文学馆等处,新文学收藏大家唐弢的藏书则归了中国现代文学馆。但像许地山、朱湘这样的作家就没那么幸运,藏书早已星散。这当然不利于对这些作家的研究,但也无可奈何。作为后人,偶有机会过目,已属幸事了。

2020年2月9日

戴望舒诗集三种

新诗人戴望舒,终其一生,只出版了四本新诗集,即《我底记忆》《望舒草》《望舒诗稿》和《灾难的岁月》。与那些多产的动辄就出版十几本诗集的新诗人相比,自然显得有点寒伧。但戴望舒本不是以量而是以质取胜的诗人,他先以《雨巷》一诗获得"雨巷诗人"美称,复以《我底记忆》《有赠》等诗成为"现代"诗人代表,最后又以《我用残损的手掌》《萧红墓畔口占》等诗享誉诗坛。

戴望舒这四本诗集印数都不多,前两种有再版本,后两种初版即绝版,而今均可遇而不可求。多年前我得到《望舒诗稿》,今年又先后得到《我底记忆》

和《灾难的岁月》,可以集中说一说了。

《我底记忆》是戴望舒的处女诗集,1929 年 4 月上海水沫书店初版,印数一千册。我所得为同年 11 月再版毛边本,印数也是一千册。初再版总共二千册,我这册编号 1227。《我底记忆》共收入诗作廿六首,分为"旧锦囊""雨巷""我底记忆"三辑,无序跋。但书前题词页印有两行拉丁文:

te spectem, suprema mihi cum venerit hora;
te teneam moriens deficiente manu.

这句话出自古罗马拉丁文学黄金时代诗人阿不思·提布卢斯(公元前 54? —前 18?)的《挽歌》,译成中文当作:

当最后时刻来临时,愿我垂死之眼能看着你,垂死渐衰之手抱紧你。

戴望舒 1925 年秋到 1926 年夏在上海震旦大学特

别班攻读法文，他粗通拉丁文，也应在这一时期，否则他不会在自己的处女诗集前印上提布卢斯的诗句。这句诗当然很感伤，但也佐证了戴望舒最初踏入新诗写作大门时的心境。

《望舒诗稿》其实是戴望舒至1936年以前所作新诗的精选集，在戴望舒新诗集中占着一个特殊的位置。此书1937年1月由上海杂志公司初版，印数也是一千册。封面设计则是书籍装帧家郑川谷（1910—1938），这大概也是郑川谷设计的最有名的新文学作品集。《望舒诗稿》有个奇怪也可以说是奇特之处，即"目录"上标明有"自序"，书中却无"自序"。到底是戴望舒写了"自序"最后由于某种原因未用，还是根本没写，已不可知。书末有两个附录：一为"法文诗六章"，证明戴望舒也是一个双语诗人，虽然他的法文诗写得不多；另一为《诗论零札》，传达了戴望舒对何为新诗与如何写新诗的意见，很重要，以下两条就极有启发性：

> 新的诗应该有新的情绪和表现这情绪的形

式。所谓形式，决非表面上的字的排列，也决非新的字眼的堆积。

不必一定拿新的事物来做题材（我不反对拿新的事物来做题材），旧的事物中也能找到新的诗情。

最后一本《灾难的岁月》1948年2月由上海星群出版社初版，发行人为曹辛之。曹辛之是新诗人，又是著名装帧设计家，因此，我有理由怀疑《灾难的岁月》的封面设计出自曹辛之之手。此书有平装本和毛边本两种，毛边本开本疏朗大气，更为少见，我有幸收藏。书中收入戴望舒1934—1945年所作诗，技巧更为圆熟，诗情更为浓郁，脍炙人口的《狱中题壁》《我用残损的手掌》等均收入在内。且录最短小也是我很喜欢的《我思想》：

我思想，故我是蝴蝶；/万年后小花的轻呼/透过无梦无醒的云雾；/来振撼我斑斓的彩翼。

戴望舒的诗集只有《望舒草》我还没有，还有可能获得否？我期待。

2021 年 9 月 19 日

《萧红墓畔口占》小考

《萧红墓畔口占》是戴望舒写于香港的一首小诗,初刊 1944 年 9 月 10 日香港《华侨日报·文艺周刊》第 33 期,收入 1948 年 2 月上海星群出版社初版《灾难的岁月》。先把《灾难的岁月》所收照录如下:

走六小时寂寞的长途,/到你头边放一束红山茶,/我等待着,长夜漫漫,/你却卧听着海涛闲话。/一九四四年十一月二十日

《华侨日报》初刊时,诗题作《墓边口占》,第二句作"到你头边偷放一束红山茶",最后一句作"你

却卧听着海涛的闲话"。显然，收入《灾难的岁月》时，作者有所修改，诗题恢复最初的《萧红墓畔口占》（戴望舒对此曾有说明），诗句也略有删改，这不足为奇。奇怪的是，此诗落款"一九四四年十一月二十日"，却在两个月前即1944年9月10日发表，岂有先发表再创作之理？因此，《戴望舒全集》（王文彬等编，1999年1月中国青年出版社初版）给出的解释是，1944年11月20日"当是（此诗）收入《灾难的岁月》时写下的定稿日期，与发表日期有出入"。

应该指出，在收入《灾难的岁月》之前，此诗至少还发表过两次。第一次发表于1946年1月22日《新华日报》第四版。为纪念萧红逝世四周年，该版发表了骆宾基《萧红小论》、绀弩《在西安》和戴望舒《萧红墓照片题诗录》等诗文。《萧红墓照片题诗录》即这首小诗，四句诗一致，但诗题完全变了，落款也变了：

> 一九四四，十二，廿日。／墓在香港浅水湾海滨。／（中华文艺协会保存物）

第二次发表于 1946 年 2 月 25 日天津《鲁迅文艺》第 1 卷第 1 期,诗题又变为《吊萧红》,四句诗仍一致,落款又不一样:

一九四二,十二,二〇 / 墓在香港浅水湾海滨。

《萧红墓照片题诗录》诗题从何而来?难道戴望舒当时并未亲到浅水湾萧红墓畔,而只根据墓地照片写下此诗?而"中华文艺协会保存物"指萧红墓照片?戴望舒诗稿?还是两者俱有?均含糊不清。《吊萧红》诗题朴实,但也有点笼统,落款倒特别值得注意——落款为"一九四二,十二,二〇"而不是"一九四四年十一月二十日",这个年份之变尤为关键。

1941 年 12 月太平洋战争爆发,25 日香港完全沦陷。据香港卢玮銮老师考证,戴望舒次年春在港被捕入狱,后经叶灵凤保释出狱,出狱时间"看来不会迟过一九四二年的五月"(卢玮銮:《灾难的里程碑:戴望舒在香港的日子》,1987 年香港华汉出版公司初版

《香港文纵》)。戴望舒自己也说:"我曾经在这里(指香港)坐过七星期的地牢,挨毒打,受饥饿,受尽残酷的苦刑。"(戴望舒:《我的表白》,1946年2月6日作,1999年11月《收获》总140期)出狱前后,他先后写下《狱中题壁》(1942年4月27日作)、《我用残损的手掌》(1942年7月3日作)等名诗。那么,在同年晚些时候,也即1942年12月20日,他到浅水湾萧红墓前凭吊,触景生情,写下这首纪念小诗,应是完全可能的,而且更重要的,这个落款与初刊时间就不矛盾了。

这首小诗虽只有短短四句三十六个字,却在平实平淡中蕴含深切怀念,甚至有研究者认为是戴望舒写得最好的诗。那么,比对此诗包括诗题和落款在内的四个不同版本,探究此诗的写作时间,就并非多此一举。

2020年2月2日

《屋卡珊和尼各莱特》

香港读者熟悉的现代诗人戴望舒,同时也是一位多产的翻译家,1920年代末是他翻译法国和西班牙文学的第一个喷发期。继《良夜幽情曲》(小说集,西班牙伊巴涅斯著,1928年9月光华书局初版)、《少女之誓》(小说集,法国沙多勃易盎著,1928年9月开明书店初版)和《天女王丽》(散文集,法国保尔穆抗著,1929年1月尚志书屋初版)之后,《屋卡珊和尼各莱特》于1929年8月由光华书局初版,列为"萤火丛书"之一。

《屋卡珊和尼各莱特》是关于法国南方某伯爵家僮屋卡珊和异国少女尼各莱特的爱情传奇,产生于

12世纪末至13世纪前半叶,作者为佚名的行吟诗人。它的体裁很特别,一节歌词接着一节散文独白,依次轮替,类似我国明清的"弹词",因此可称作"法国古弹词"。这部古弹词在法国乃至欧洲文学史上相当有名,在中国则得到周作人的推介,在戴望舒译著中也是独树一帜。戴望舒1927年下半年翻译这部古弹词,施蛰存作于"十六年十二月"的《序》中,这样评论戴这个译本以及当时翻译这部古弹词的意义:

> 我相信望舒用纯朴的文句将它移译过来,绝对保留着本来的质素的面目,是很妥善的办法。不过对于传奇之类的文学,在今日译印,或许有人要说太不合时代,我想,在外国,这句话或者不很错,因为文学的赏鉴是有时代背景的,通行着象征派、新感觉派的外国,对于这种笑话的传奇文学,当然久已消亡了兴趣。但在传奇文学的势力还保存着的今日的我国,则这一卷译文,或者尚能适合一部分人的口胃,拿来与我国的传奇

作一个比较的赏玩。好在鲁迅先生的《唐宋传奇集》刚才出版,我想,有人如果在梦想着本国的中古期的浪漫情状之余,引起了对于欧洲中古期的浪漫故事的好奇的搜索,则这一本小书对于他准是很有诱惑的。

施蛰存与戴望舒是莫逆之交,情同手足,在文学创作上一直互相支持。这部古弹词戴译施序,当是他俩在文学翻译上首次成功的合作。戴望舒殁后,他的一系列译著,如《洛尔迦诗抄》《戴望舒译诗集》等,都是施蛰存整理编定的。但施蛰存没有留下关于戴望舒翻译这部古弹词的回忆文字,只在《震旦二年》《我们经营过三个书店》等文中写到他们学习法文、创办同人刊物《璎珞》和《无轨列车》的情形,在《诗人身后事》中写到戴望舒身后著译出版的情形。戴望舒翻译这部古弹词的前前后后,也许施蛰存真的忘记了。

有必要补充的是,虽然《屋卡珊和尼各莱特》已经收入《戴望舒全集》(1999年1月中国青年出版社初版),施蛰存这篇《序》却一直散落在外,未能编入《施蛰存全集》(2011年10月华东师范大学出版社初版)。如果新编施之全集,这篇精彩的序文不能再失收了。

这部古弹词的装帧也值得一说。封面颇为雅致,书的丛书说明页反面印有"钱牧风装帧"五个红字。钱牧风者,新文学装帧设计家钱君匋是也。而书的前后环衬选用英国装帧名家比亚兹莱的画,也可谓得风气之先。

《屋卡珊和尼各莱特》流传甚少,《中国现代文学总书目》著录此书时,未注书中有施蛰存《序》,可见编者未能见到原书。此书另有毛边本,当更难得。

2022年4月3日

《鹦哥》中的周鍊霞白话诗

《鹦哥》，绿芙著，1933年7月上海文华美术图书公司再版本。此书版权页未印初版时间，但从作者绿芙的《代序一》诗落款"十七年，十月"和忏红的《代序二》诗落款"七，七，十七"推断，初版当在1928年11月至1929年初之间。

绿芙是徐晚苹（1906—?）的号，也是笔名。他出身望族，曾祖父是清同治年间状元，官拜大学士。本人擅长摄影，也常舞文弄墨。他与画家、诗人周鍊霞（1906—2000）1927年喜结连理后，留下了两本纪念集，一为夫妇俩合作的《影画集》，收入徐晚苹的摄影和周鍊霞的画，另一就是这本《鹦哥》。

《鹦哥》是短篇小说集,共收入《辣斐脱之笑》《梦》《痛别》《梅花姑娘》《晓色》《鹦哥》《石屋岭》七篇小说。书前有两页题词,一为"献给我友忏红",另一为"献给亡妹小茜",而"忏红轩"正是周鍊霞的室名。《鹦哥》封面上方有一对鹦哥图,出自周鍊霞的手笔,图右下角有她的署名"鍊霞"。书中每篇小说前,又有周鍊霞绘彩色插图一帧,共七帧。因此,说这本《鹦哥》也是徐周夫妇合作的结晶,应是名副其实的。周鍊霞以中式国画享誉海内外,但她早年为新文学书籍作西式插图,亦庄亦谐,这大概是唯一的一次。

绿芙这七篇小说大都写青年人的生活,从求学到恋爱,从乡村到都市。《痛别》是对话体,《鹦哥》还写到了北伐革命,总体而言,文字是清通的,但艺术上并不怎么出色,只能说明新文学当时已风行一时,爱好文学的青年都喜欢写写小说写写诗。倒是周鍊霞这些插图,个人风格鲜明,颇具特色。更令人意外的是,周鍊霞的《代序二》是首白话诗,照录如下:

清清的湖水呀！/曾几度载我们来游的轻艒？/明明的波痕呀！/曾几回照我们低顾的容光？

乌黑的云呵！/从山凹随风飞来；/骤猛的雨呵！/莫把我们的小船打翻！/衣湿，履湿，身也冷湿，/坐在船头的人儿呀！/快加力扳桨，使我们早些归吧。

明月才从湖边升起，/我们是繁华场中跑来的人，/那里认识你如此大的圆靥？/难怪我们惊奇了一回！

等到三潭印月坐了好久，/高悬半空的月儿呵！/从树影隙里，眼底波上，/仍显出你娇小的身材！/好景去了！/甜蜜的梦也残了！/好景等着有来时；/甜蜜的梦呵！/要追回你未免太心痴！

静静地怀念和幽想，/只留得许多别后的惆怅。/除了脆弱的他的心灵呵！/啊啊！和谁去诉说这滋味的凄凉？

七，七，十七，忏红。

周鍊霞不仅画好，也以旧体诗词名，已有《无灯无月两心知：周鍊霞其人与其诗》（刘聪辑，2017年7月北京出版社初版）行世，其《庆清平·寒夜》中的"但使两心相照，无灯无月何妨"句曾传颂一时。同时，周鍊霞对新文学也有浓厚的兴趣，这可以拙编《遗珠》（2010年8月海豚出版社初版）为证。但她写过白话诗，以前一直不知道。《遗珠》只收入了她的白话小说和散文。上引这首白话诗写周鍊霞与丈夫同游西湖的情景，在骤雨中游、在明月下游的所遇所感，平心而论，描绘较为细腻，但同样并不怎么出色，与她差不多同时写的《西湖归棹》相比还是有点逊色：

湖光山色两依微，醉里闲吟兴欲飞。
柔橹数声烟树外，小舟载得月明归。

不过，作为一种写白话诗的尝试，作为迄今所见周鍊霞唯一的白话诗，还是很难得的。

2022年2月27日

徐芳编《诗刊》

说到《诗刊》，在中国现代文学史上最有名的，当推徐志摩 1931 年在上海主编的《诗刊》。但徐编《诗刊》是杂志，文学史上还有一种同名的报纸副刊，所知者就寥寥无几了。

1937 年 1 月 10 日，南京《中央日报》副刊《诗刊》创刊，刊名由大名鼎鼎的胡适题写，"编者：徐芳　通讯处：北平沙滩国立北京大学文学院"。这就清楚地显示：此刊由当时在北平的徐芳所编，稿件由北平寄往南京付梓。也正因为异地编刊，《诗刊》是半月刊，隔两周刊出一次。

胡适是大忙人，能为这个新创办的《诗刊》题写刊名，必有其原因。编者徐芳当时已有文名，所作独幕剧《李莉莉》早在 1934 年 6 月就刊于北平《学文月刊》第 2 期。此剧得到了叶公超、杨振声、闻一多的首肯，发表后也为茅盾所赏识（均据徐芳《〈徐芳诗文集〉序》）。她 1935 年在北大中文系毕业，毕业论文《中国新诗史》的导师就是胡适。徐芳毕业后在北大文学研究所担任助理员，主编《歌谣周刊》，同时"帮胡先生作些简单的事"（出处同上）。但她喜欢新诗，不但研究新诗，也写新诗，以至起意编《诗刊》。胡适为这位心爱的女弟子所编的新诗刊物题写刊名也就在情理之中了。

查《胡适日记》，1936—1937 年间有三处与徐芳和《诗刊》相关的记载。考虑到胡适日记往往记录不全，两人交往实际次数肯定远远不止这三次，但这三次已很能说明问题。1936 年 1 月 22 日胡适日记云：

> 徐芳女士来谈，她写了几首新诗给我看，我最喜欢她的《车中》一首。

2006年4月,台湾秀威资讯科技公司出版了《徐芳诗文集》。但是遍查这部厚厚的诗文集,却未见收入胡适"最喜欢"的这首《车中》,此事成了一个谜。不过,胡适在次日写的《无题》诗保存下来了,有研究者认为这是对徐芳《车中》诗含蓄的回应。

1936年2月12日胡适日记又云:

> 舟生来,久不见他了,送他 Poem,劝他做选诗事。

舟生是徐芳的字兼笔名。这段日记涉及一件重要的事。所谓"劝他做选诗事",是胡适建议徐芳编一部《中国新诗选》。大概胡适认为徐芳的毕业论文既然是研究新诗史,再编一部新诗选,应该是驾轻就熟。徐芳也确实遵照胡适的吩咐认真去做了,这有她带到台湾精心保存的新诗选部分亲笔誊录稿为证,可惜她未能最后编竣,也未能出版,这份誊录稿于2019年冬在北京拍卖了。

1937年2月20日胡适日记再云:

> 徐丹生来谈，我劝伊不要办《诗刊》。

"徐丹生"应为"徐舟生"，舟生是徐芳的字，胡适不至于写错，恐怕是胡适日记整理者之误也。这段日记直接与《诗刊》有关了。这时《诗刊》已办了四期，而胡适却劝徐芳不要再编，想必是觉得新诗好稿难求，同时也担心徐芳太忙太累之故吧。尽管不赞成徐芳编《诗刊》，但胡适不仅为之题写刊名，还先后在《诗刊》上发表了两首白话诗，说明他对这位爱徒还是鼎力支持的。这两首诗，一是《题傅作义将军为他的先人子余公建的纪念堂》，刊1937年2月6日《诗刊》第3期，另一是《题陈援庵先生所藏程易畴题程子陶画雪塑弥勒》，刊1937年5月1日《诗刊》第9期。两首诗题和后一首字句均与胡适日记所录有所不同。

2020年5月17日

徐芳编《诗刊》（续）

徐芳创办《中央日报·诗刊》，并无发刊词之类，因此，此刊宗旨和风格只能从发表的作品去探究。1937年1月10日创刊号打头阵的就是徐芳自己的诗《这一把花儿捧给你》（有研究者认为这首诗其实是献给胡适的），接着又在2月20日第4期发表《新年》，5月1日第9期发表《无题》，6月5日第11期发表《山歌》等诗。可见徐芳不仅编辑，同时也身体力行，写下这些可爱的体现她成熟水准的诗。这些诗虽已编入《徐芳诗文集》，但弄明白最初出处，不为无益。

《诗刊》以发表新诗作品为主。当时在全国文坛上已有诗名的沈宝基、南星、林蒲、绛燕（沈祖棻）、李白凤、沙蕾,甚至左翼诗人锡金,以及后来在台湾文坛颇有影响的张秀亚,均有诗作刊于《诗刊》,各具风格,争奇斗艳。当然,还有不少陌生的作者,应为北大等高校爱好新诗的青年学子,毕竟徐芳在北大文学院当助理。兹录4月3日第7期一首短小而别致的李白凤《SPANKER》:

> 我要在天空中写上名字 / 因之,昨晚落下的大星 / 变成我的爱人了 / 天乃我的袈裟—— / 点点滴滴的珠泪为些什么呢 / 你如旋风般的来 / 又如旋风般的去了 / 我乃千手千眼佛

注重译诗是《诗刊》的又一特色。从创刊号起,几乎每期都有译诗,先后刊出莎士比亚、华兹华斯、雪莱、歌德、尼采、波德莱尔、魏尔伦等西方著名诗人的诗,还有"海外民歌特辑"(这大概与徐芳同时在编《歌谣周刊》相关)。译者既有梁宗岱、朱光潜这样的名家,也有已崭露头角的吴世昌、包乾元等,译得最多的是李长之。特别是徐芳别出心裁,在6月

26日第12期上发表"一诗三译"。华兹华斯的一首《露西》,她请朱光潜、汪伟和她自己各自翻译,一并刊出。她译的当然是白话诗,朱光潜译的是五言,汪伟译的则是四言。录朱光潜译如下:

幽人在空谷 / 结居傍明泉 / 知者世所稀 / 孤芳谁怜见

贞静如幽兰 / 傍石隐苔藓 / 皎洁若晨星 / 孑然耀中天

存不为世知 / 殁不为世惜 / 幽明已殊途 / 予怀独戚戚

此外,《诗刊》对新诗理论,也给予足够的关注。从创刊号起就对新诗的"节奏"、诵读以及诗与散文关系等问题展开讨论,先后发表罗念生《论新诗》《与林庚先生论节奏》、林庚《论新诗答罗念生先生》、高一凌《论新诗诵读问题》、罗念生《与高一凌先生谈新诗的诵读问题》、徐春霖《论诗中的散文》等评论。还有李长之的《对于现代中国诗人三个最低限度的要求》，认为新诗应符合"说明白话""有感情""能哼上口"三个最低要求。这些议题至今仍不失其研究价值。

出人意外的是，徐芳晚年回忆自己的文学历程，从未提到编辑《诗刊》，也许她真的忘记了。从五四时期的《诗》开始，经《晨报副刊·诗镌》到1930年代的《诗刊》《新诗》以及1940年代的《诗创造》等，中国新诗史上的专门刊物，都是男诗人所编，徐芳编的这份《诗刊》虽然不像上述刊物那么著名，但她以一位女诗人独立支撑，即使不是绝无仅有，也十分难得。可惜七七事变爆发，《诗刊》出至1937年8月1日第14期便被迫停刊。

2020年5月24日

赵景深说新诗

赵景深（1902—1985）的大名我们并不陌生，他是中国戏剧史研究大家。但他早年从事新文学创作，出版新诗集《荷花》，也翻译过安徒生和契诃夫的作品，甚至还要写一部《现代中国文学史》，恐怕就鲜为人知了，而他编选的《现代诗选》也很有意思。

《现代诗选》1934年5月上海北新书局初版，列为"中学国语补充读本之一"。换言之，此书是中学生的课外读本。话虽如此说，此书不仅适合当时的中学生阅读，放诸今日，仍颇具参考价值。

在《〈现代诗选〉序》中，赵景深把中国现代新诗的发展历程划分为"草创"（胡适、刘复、刘大白为代表)、"无韵诗"(康白情、俞平伯、朱自清、王统照、汪静之、周作人、刘延陵、焦菊隐为代表)、"小诗"(冰心、宗白华为代表)、"西洋律体诗"(郭沫若、徐志摩、朱湘、闻一多、邵洵美、于赓虞为代表)和"象征派诗"(李金发、王独清、冯乃超、穆木天、戴望舒、邵冠华为代表)五个时期,《现代诗选》就入选了这廿五位诗人的诗作。虽然赵景深承认由于"诗未结集,无从选起",未录沈尹默、饶孟侃等诗人的新诗,"引为憾事",然而,这样的分期还是较为全面地展示了1920—1930年代初新诗的绚丽风貌。

如果把赵景深这个分期与一年多之后朱自清在《〈中国新文学大系·诗集〉导言》中把中国早期新诗分为"自由诗派,格律诗派,象征诗派"三派的提法进行比较,将会是一件有趣的事。

赵景深自己就是新诗人,他说新诗生动活泼,要言不烦,自有一种文采,且从《〈现代诗选〉序》中摘引几段以示一斑:

汪静之的《过伊家门外》曾被胡适竭力赏识过。《祷告》一诗是我在初恋时期所最爱读的。查猛济的《抒情小诗集》也曾选入此诗,可说是与我有同样的偏嗜。我爱这首诗的温柔甜蜜,当我第一次做着玫瑰色的好梦时,每逢晚间睡眠,总要低声吟唱一遍,虽然我的帐子上并不曾挂有《白莲图》。在《蕙的风》里,大部分是少男的情诗。后来作者做方块诗,出版《寂寞的国》,我虽也读了一遍,总觉得不及《蕙的风》有兴趣……

冰心的《春水》和《繁星》在初出版时疯魔了许多读者,据说《春水》初版,在北大门房一天以内就已经卖完了。其中的确有许多好诗句,尤其是周作人在《自己的园地·论小诗》篇中所推举的几首。可惜有一部分说理诗,未免是白璧微瑕。

郭沫若的诗如万马奔腾,如钱塘夜潮,其气

象之雄浑澎湃，实为新诗坛所罕见。他受了美国平民诗人惠特曼的影响很大，所以他在《晨安》里歌唱道："啊啊！恢铁莽呀！恢铁莽呀！太平洋一样的恢铁莽啊！"

徐志摩的确是一个多方面的天才作家。他的诗有秾艳的，有清丽的，也有质朴的；有时用北平话，有时用硖石土白，有时又夹几个西文字。不过，他最擅长的似乎还是秾艳的情歌。朱湘曾以其嗜好盛称《雪花的快乐》（徐志摩在重印《志摩的诗》时，即以之冠于卷首），我现在拿《她是睡着了》来替代。

十八年前，我编赵景深的《新文学过眼录》(2004年11月广西师范大学出版社初版)，可惜遗漏了这篇重要的《〈现代诗选〉序》，以后如有机会重印，一定补入。

2022 年 3 月 6 日

赵景深的《故园》序

赵景深是复旦大学中文系教授，著名的中国古典戏曲、小说和俗文学研究家，早已享誉海内外学界。但他前期迷恋新文学，从事新文学创作、研究、编辑和翻译，知者并不多。我曾编过一本赵景深的《新文学过眼录》，搜集了他关于新文学的各种评论和序跋，尤其是他为新文学作品集包括小说、散文、新诗和评论集所写的序文，数量十分可观。除了鲁迅，他大概是现代文学史上为新文学作品作序最多的作家。

当然，《新文学过眼录》仍有遗漏，最近就见到他为新诗集《故园》（1938年8月上海大时代出版社初版）所作的序，为《新文学过眼录》所失收。这篇

序虽然短小,但写得精彩,照录如下:

> 我只会歌唱我自己的心情和幻觉,很少几首诗是为大多数人写照的,这是我的诗的一个缺点;而本书的作者却为劳苦大众写了不少的诗。集中没有一首恋歌,这一点最值得钦佩。Drinkwater氏的 *Outline of Literature* 插图中有一幅狄更司,画着他握着一支笔在思索,而环绕于他的头脑四周,约隐约现似在云雾中的是他小说中的人物。倘若替作者画一张像,似乎也应该在他的周围画上丫头、苦工、奶妈、乞丐、渔人、舞女、卖瓜的、玩猴戏的、人力车夫、唱道情的、街头的孩子以及穷苦的爸爸。不,还得加上他自己,苦忆着老母和家乡的他自己,为生活重担所压迫的他自己。
>
> 苏俄诗人叶赛宁(Yesenin)尝惋叹着农村的没落,以他艺术的彩笔写着田园的牧歌。本集中如《觉醒》《恐怖的庄上》《寥落的乡村》等也都显示了这个消息。《故园》《暮》《野外》,这三

首诗虽然仅只是农村的怀念，却是三首很好的歌唱。

作者自己也是知识的劳工，如《一颗心》《人生的寒颤》之类是使我发出共鸣的。我也曾这样的绝叫过：

佝偻着背终日伏案的人呵！／从春到夏，从秋到冬，／转眼间几年已经过去。／偶然踏着缤纷的落英，／方才觉醒似的长吁：／"喂呀，春已去了！"（《自叹》）

知识的劳工，筋力的劳工，在近几年来，该往何处去呢？

赵景深，廿七年六月

对《故园》作者吕绍光，我们了解不多，只知他是新诗爱好者，曾在赵景深主编的《青年界》月刊上发表过多首新诗，可视为《青年界》培养出来的一位青年诗人。吕绍光还在有名的《申报·自由谈》上发表过诗，他自己 1934 年夏也在上海主编《诗歌月报》。据他在《故园》的《自白》中说，此书是他的第三本新诗集,前两本是《绍光的诗》和《夜归》,但均未见,很可能是他自印而未能保存下来。《故园》收入吕绍光"七七事变"前所写的诗。赵景深对这本新诗集评价不低,肯定这位"知识的劳工"的诗是"很好的歌唱"。再录赵景深所称赞的《故园》一首,以见吕绍光"艺术的彩笔":

> 悄悄的我来到 / 昔日栖息的家园, / 满树的斜辉, / 静伴着"知了"的呜咽, / 断垣残壁间,依旧隐现着 / 童年时代乱涂的笔迹。
> 野草丛中婆娑着几点黄花, / 一头红蜻蜓,挣扎在门框的蛛网上, / 邻近的老叟,乡妇,牧童, / 都带着惊奇的神情, / 站在园外探望 / "谁呵?天快晚了, / 还在这儿干吗?!"

2020 年 3 月 22 日

新诗集《寻梦者》

现代文学史上同名作品并不少见,题名"故乡"的作品集就有好几种,当然最有名的是许钦文的短篇小说集《故乡》。《寻梦者》也有两部,一为王西彦的长篇小说《寻梦者》,1948年6月上海中原出版社初版,另一就是更早出版的黄肃秋的新诗集《寻梦者》。

黄肃秋(1911—1989)是吉林榆树人,毕业于燕京大学国文系,抗战胜利后曾任台湾大学国文系副教授。1949年回到内地,参与共和国成立后首套"新文学选集"的编辑,后又从事古典文学名著校注工作。我读中学时知道他的大名,就是因为读了他编选的《杜诗百首》(1962年10月人民文学出版社初版）。但他年轻时也写新诗，却鲜为人知。

《寻梦者》1942年6月由北京艺术与生活社发行，深蓝漆布精装，列为"南风丛书第一集"。这是目前所能见到的黄肃秋自《爱与血之歌》（1933年6月北平人文书店初版）之后出版的第二本新诗集。而据《寻梦者》第一辑短序，他还写了一部《流亡者之歌》，却一直未见。

有意思的是，《寻梦者》编排很特别。书前有《寻梦者题辞》，书分"烬余集""须生草""思维撷"三辑，每辑又各有"短序"，首辑和末辑"短序"均以文言出之，而各辑多首新诗前也有文言小引，诗则有自由体诗和散文诗。这部新诗集成了白话和文言的混合，这在新诗集中也很少见。

《寻梦者》问世，正值民族危亡之际，作者又身处沦陷的北平，难免伤时忧国。他在《题辞》中就如此表示："曾经有许多许多年代了。那时我的感受还没为硝烟所窒息，我的喉咙还没为魔手所遏哑，我的青春还没为时间所掠去。……我仿佛记得，记得我是有过一个好梦境的。"且录《梦之边缘》一首，以见

其新诗的奇思妙句:

梦在屋角的蛛网上;/梦在梁间的泥巢里;/梦在破旧的门限上;/梦在褪色的纱窗前。

梦在流去的水波上;/飞在蝙蝠的翅梢上;/摇在檐前的铁马里;/诉在哽咽的西风中。

低徊着七月的哀歌;/嘶息着九秋的深喟。/流连于松鼠的尾梢;/踯躅于珊珊的林蔚。

抚过你倚遍的阑干;/嗅着你行过的脚步。/听过你婉转的歌声;/息在你发上的星间。

找一个丢失的记忆,/看着你梦幻的来归。/提紧了生活的全部,/遂憬然于今是昨非。

"寻梦"既为这部新诗集的主题,不妨再录《柔梦帖》的前两节:

昨宵有天外的归鸿,/于是,我的梦被牵远了。/人说明湖灵泉是圣地,/我却怅惘着二月的江南。

二月的江南是多雨的，/窗外织起一帘诗。/你许忘却白发相期的远人吧？/我却怀念着梦里的康庄。

这部《寻梦者》的印数一定很少很少。新文学藏书大家姜德明先生在回忆北京琉璃厂雷梦水先生时就感叹此书久觅不获：

有一次，我在他座后的书架上，见到四十年代初黄肃秋在北京出版的一本诗文集《寻梦者》，正是寒斋所无，他却摇摇头说："不能卖给你，这是前几个月作者来找的，我好容易给他找到了。"我当然不敢掠美，只求他以后留意，也替我找一本。可是到底没有消息。（姜德明：《卖书人》）

下次到北京，一定要告诉姜先生一个好消息，我终于得到这本《寻梦者》了。

2021 年 3 月 28 日

常任侠编新诗选

常任侠（1904—1996）以艺术考古学家、东方艺术史研究家而闻名海内外，但他早期创作新诗，还编过《现代中国诗选》，就鲜为人知了。

《现代中国诗选》署"孙望 常任侠选辑"，1942年7月重庆南方印书馆初版，土纸本。虽署两人合编，但此书《前记》署名常任侠，所附录的长文《抗战四年来的诗创作》也出自常任侠之手。因此，有理由认定这部新诗选的编选工作主要是常任侠做的，他在南京"土星笔会"时的诗友孙望只是领衔而已。常任侠在《前记》中也说得很清楚：

这里我选取了三十六个人的诗,有如三十六枝芬芳的花朵,虽然各有各的颜色,各有各的姿态,但都是美好的,可爱的。因为用着争取自由平等而流的血,去灌溉培养的产品,所以显得那么灿烂,那么壮健鲜明。

也就是说,此书所选的三十六位作者的新诗都创作于全面抗战爆发以后。他们中既有艾青、李广田、徐迟、汪铭竹、常任侠、孙望、覃子豪、邹荻帆等抗战前已有诗名的诗人,也有袁水拍、力扬、陈迩冬、彭燕郊、冀汸、李满红、杜谷等抗战后崭露头角的新秀。而书中所选为1937—1941年间发表的新诗,发表刊物既有《中国诗艺》《诗创作》《抗战文艺》《现代文艺》《诗垦地》《七月》《新蜀报·蜀道》等名刊,也有较为偏僻的贵阳《力行报·骆驼》《柳州日报·新诗潮》、耒阳《国民日报·文地》等地方性文学副刊。若不是被此书选入,这些新诗尤其是发表在地方性文学副刊上的作品恐怕有相当部分都难以保存至今。

此书所选以长诗居多,郭尼迪的《向法兰西召唤》竟有一百五十多行,而胡明树的由"二十二首短诗连成的长诗"《原上草》就更长了。可见当时新诗人大都诗情澎湃,难以自已,抗日救亡自然是这些长长短短的诗作的主旋律,但限于篇幅,只能选录一二以见一斑。较短小的是艾青的《树》:

　　一棵树　一棵树/彼此孤离地兀立着/风与空气/告诉着它们的距离
　　但是在泥土的覆盖下/它们的根伸长着/在看不见的深处/它们把根须纠缠在一起

稍长的是厂民的《大熊星》:

　　在开阔黯黑的夜空里/大熊星射出银亮的清光
　　极北的寒冷不能使它抖落/长夜的寂寞也并不感到厌倦
　　它以不变的坚贞守住岗位/向黑暗作顽强的嘲讽和反抗

艰辛地在夜里跋涉的人/你们认不清道路迷失了方向吗

　　请抬起颓丧得下垂的头/大熊星正举着发光的手在向你指示

　　有必要指出的是，自从新文学兴起以后，为新诗编辑选集就一直不断。《新诗集》（第一编）1920年1月由上海新诗社出版部初版，比胡适大名鼎鼎的《尝试集》还早了两个月。后来又有许德邻编《分类白话诗选》、新诗编辑社编《新诗三百首》和北社编《新诗年选》（一九一九年）等。社团新诗选则以陈梦家编的《新月诗选》为代表，而朱自清编选的《中国新文学大系·诗集》当然更具权威性。常任侠编的这部《现代中国诗选》是全面抗战以后出版的第一部新诗选，自有其独特的研究价值。之后，孙望又编辑出版了《战前中国新诗选》，闻一多也编选了更具涵盖性的《现代诗抄》（闻一多遇刺后才编入他的文集），都是研究中国新诗史必不可少的选本。

2021年11月7日

关露的《寄给太阳》

1940年代上海文坛有"四大女作家",即关露、苏青、潘柳黛和张爱玲(以年齿为序)。年纪最长的关露(1907—1982)的中共地下工作的传奇生涯早已有不少文字述评,不必我再饶舌。

友人杨新宇兄编《你没有读过的诗》(2020年11月东方出版中心初版),专收中国现代文学史上"被遗忘的诗",共三百二十四家之多,每人一首,有名家遗落之作,更有名不见经传者之佳作,其中就收入了关露的一首《我是春天底风》。当然,关露并非名不见经传者,她是以小说家、诗人和剧评家的身份出现在中国现代文学史上的。

就新诗创作而言，关露在1930年代创作的歌词《春天里》（电影《十字街头》插曲）就一曲风行，脍炙人口。后来又出版了诗集《太平洋上的歌声》（1936年11月上海生活书店初版），也广获好评，君平（郑伯奇）誉之为"中国新的现实主义诗人之一"（《评〈太平洋上的歌声〉》，1937年1月18日上海《大晚报》）。

《我是春天底风》选自关露的长篇小说《新旧时代》。除此之外，已被发掘的关露集外诗还有不少，据丁言昭、张伟编《关露著译系年目录》（刊《关露啊，关露》，2001年1月人民文学出版社初版），就有《我歌唱》《夜莺》《自我有了生命以来》《吴歌》等多首。但是至少还有一首《寄给太阳》未被发现。

《寄给太阳》刊于1945年3月15日《大陆画刊》第6卷第3号。《大陆画刊》在日本本土、朝鲜和整个中国沦陷区发行，是一本集摄影、绘画、文学创作及文艺评论的文化刊物，第6卷第3号上就刊登了张资平的连载《黑面包》、梅娘的连载《落雁》、钱稻孙的随笔《寝食习俗》、方纪生的随笔《中日食物之关系》、沈凤威的小说《双鸳鸯谱》和日本小田岳夫的评论《中国文学杂感》等。《寄给太阳》是该期发表的唯一的一首诗。诗很长,且录其第一、二两节:

> 太阳我总爱着你,/在重限的日子中!/为着你,我有过好些梦想:/我想住到海边,那里/有松树林,椰子香。/当晨风还没有吹拂,/海面还不曾掀起波浪,/我从我底,茅屋里醒来,/我挺着胸,披散着头发,穿着/我常在梦里穿的那件/白色和红色的衣裳;/我就走到海边,向着遥远的,遥远的天,/遥远的岸,遥远的,但是/煖热的东方。/这时我看见你,/我从一道薄云底,云幕里/看见了你冷静的光芒;
>
> 也有的时候,/我走到一片沙漠,或是/杳无人迹的平原上;/那时,空中掀起了暴风,/倾泻着茫茫的雨点,/在沙漠上看不见边缘,/平原里找不着路向。/我饥饿,疲乏,寒冷,/看不见我底同类,/寻不着我归去的地方。/于是,突然间,从被风吹解的/乌云里我看见了/你微笑的光

彩，这照明/看见你那照明全世界，/照明万物，照明/永恒不灭的人类的光亮！/于是，/我开始跟你接吻了。

《寄给太阳》虽然含蓄，寓意还是较为清楚的，作者总爱看太阳，期待太阳"微笑的光彩""照明"她"归去的地方"。作者写过不少歌咏太阳的诗，如《九月的太阳》(刊 1936 年 10 月《妇女生活》第 3 卷第 6 期)，《寄给太阳》是最新的一首。

《寄给太阳》发表整整五个月后，日本战败，宣布无条件投降，中国大地终于迎来了太阳的"光芒"。

2021 年 5 月 2 日

李广田评刘荣恩(上)

刘荣恩的新诗我以前已介绍过数次,记忆中却还没有写过李广田,那就先从李广田写起吧。

李广田(1906—1968)是山东邹平人,字洗岑,毕业于北京大学英文系。他在中国现代文学史尤其是散文史上颇有名气,《李广田全集》(2010年7月云南人民出版社初版)第一卷就是散文卷。当然,李广田是多面手,诗歌和小说也很了得。他与何其芳、卞之琳合著的新诗集《汉园集》1936年3月由商务印书馆初版后,"汉园三诗人"在现代新诗史上名声大振。但他成就最大的还是散文,《汉园集》问世同一个月,他的第一部散文集《画廊集》也问世了,也是商务印书馆出版,也被列为"文学研究会创作丛书"之一,真可谓双喜临门。

在《画廊集》卷末的《题记》中,李广田透露此书曾三易其名,最初书名拟作《悲哀的玩具》,后改为《无名树》,最终才定名《画廊集》。这三个书名都是作者此书中所收散文的篇名,开首第一篇就是他最新创作的《画廊》。之所以最后选用《画廊集》作为书名,是因为作者认为"《画廊集》,一个好听的名字"。

作者自称"我是一个乡下人",《画廊集》中各篇就写北方乡野农村的各种风物,各式人等,也有作者阅读外国名家描写自然散文集的笔记。正如作者自己所坦陈的,这本小书里的一些"小文章","象我所写的那个荒僻村落的画廊,象我所说的,那座画廊里的一些平常而又杂乱的年画"。

博学的周作人在《画廊集》的序中,除了从"希腊哲人中间那画廊派"说起,一直谈到"日本江户时代民众玩弄的浮世绘"和中国的"古板画",最后肯定"洗岑在集子里原有一篇谈年画的文章,而其坚苦卓绝的生活确也有点画廊派的流风"。"京派"评论大家李健吾则借用书中《道旁的智慧》一篇所引用的英人玛尔廷的话:"在他的书里,没有什么戏剧的气氛,却只使人意味到淳朴的人生,他的文章也没有什么雕琢的辞藻,却有着素朴的诗的静美",来形容《画廊集》的朴素、淳厚和亲切,确是对李广田前期散文的精到概括。而李广田被文学史家视为"京派"散文名家,也是很自然的事。且录《无名树》中的一段,以领略李广田散文风貌之一斑:

> 现在是初冬,这无名的树,很枯瘦的画在空中,好象显得更高了些,叶子已完全飞散了,象碎纸屑似的许多干翅果还挂在枝上。风来时,这些翅果便发出簌簌的声响,如在深夜,就好象落着淅淅的冷雨。当着季候,对了这树而沉默时,就难免有些寂寞萧条之感。

我有幸藏有一册《画廊集》签名本,在书的前环衬左侧,有已经有点褪色的作者钢笔题字:

嗣群兄指正

　　李广田敬赠　廿五年九月于济南

嗣群即康嗣群（1910—1969），陕西城固人，出身金融世家，先后就读于复旦大学和北京大学，应在北大求学时结识李广田。他1935年在上海与施蛰存合办散文刊物《文饭小品》时，李广田在该刊第4期发表了散文《他们三个》。李广田北大毕业后到济南山东省立第一中学担任国文教员，所以这本赠送康嗣群的《画廊集》寄自济南。《画廊集》签名本见证了李广田与康嗣群的友谊，而两人都在十年浩劫中死于非命，不能不令人痛惜。

2021年4月4日

李广田评刘荣恩(中)

接下来就该谈谈李广田对刘荣恩(1908—2001)新诗创作的评论了。从1938到1945年,也就是整个抗战时期,一直蛰居天津的刘荣恩自印了六本新诗集,但这六本诗集都是"私人藏版限定版",每种仅印百册左右,且均为非卖品,仅赠送少数文坛友人(已知他曾赠送巴金《诗三集》,赠送马奔《五十五首诗》等),所以流传实在不广。

抗战胜利后,原在昆明的李广田从西南联大中文系复员北返。1946年秋,他从北平赴天津南开大学中文系任教,从而有机会结识刘荣恩这位豹隐诗人。

李广田赴天津之前,其中学同学、诗人臧克家已到上海主编《侨声报》副刊《星河》。《星河》1946年8月12日创刊,创刊号发表了郭沫若的《反反常》、叶圣陶的《抗战八年本刻选集序》、李健吾译雨果的诗《黑猎人》、骆宾基的中篇连载《地主之家》等,陆续撰稿的还有茅盾、李长之、辛笛、熊佛西、季羡林、赵景深、剑三(王统照)、赵清阁、吴组缃、洪深、雪峰、施蛰存……,以及臧克家自己,名家荟萃,佳作不断。臧克家为此向老同学约稿,就完全在情理之中。

1946年10月28日《侨声报·星河》以头条的显著篇幅刊出李广田的新作《刘荣恩的诗》。此文开头就告诉读者作者是怎么认识刘荣恩的:

> 我到天津遇到的第一个新朋友是刘荣恩先生。第一次见面谈了一些文艺问题,第二次见面他送我六本诗集,这些诗集的名字是:《刘荣恩诗集》《十四行诗八十首》《五十五首诗》《诗》《诗二集》《诗三集》。这些都是他在沦陷期间所作,而且都是自己印了送朋友,从来不曾在外边

销行过的。刘先生说,这些作品都是他自己暗中摸索的结果,意思是说在沦陷的地域内既得不到甚么鼓舞,也不明瞭后方诗界的情形,这自然是实情,但同时也可以看出是刘先生的谦虚。

显然,双方一见如故,否则刘荣恩未必把自己所有的诗集都送给李广田,他应该是期待李广田的严正批评。刘荣恩的希望没有落空,李广田果然写了这篇长文评论他的诗。当时在上海大概没有几个人读过刘荣恩的诗,即便到了七十多年后的今天,又有多少人读过呢?

李广田认真读了刘荣恩这六本诗集,认真写下了这篇评论,用他文中的话说,就是"用了感谢与欣愈的心情把它们读过","深深地觉得作者确是具有一个诗人应有的最好素质"。这个评价当然很不低。李广田认为,他之所以这样评估刘荣恩的诗,一是"在他的诗里到处都感到他那深厚的性格与情感。他并不显得过分聪明,所以作品不致失之纤巧,他也并不显得过分老实,作品中也就没有愚执呆钝的毛病,他真可以说是一往情深,而感觉广大",二是"在意象的铸造方面,作者也有他优越的才能"。可惜的是,作者"在敌伪统治下过了八年的黑暗日子,他的灵魂在如此悠长的岁月中休养痛苦的旅行","也就只好在自己生命中寻找另一种寄托,于是他的诗里边扩满了命运的色彩,到处是愁苦的声音,这也就成为他的诗的主要部分"。"由于这一情形,作者实在有不可一世的忧愁,而他也非常珍爱他的忧愁,他的忧愁产生智慧,他的智慧产生诗。"

2021 年 4 月 11 日

李广田评刘荣恩(下)

为了证明上述这个观点,李广田特意引用了刘荣恩《忧愁是智慧》和《智慧是诗》两首诗,强调把它们联系起来看,就可以看到作者的道路:

忧愁是智慧,/忧愁是我的力量。/我创造我的忧愁/用上帝一般的辛苦。/我爱我的忧愁/像你爱你的聪明——/许是愚蠢,朋友,恕我——/你将来埋在土里,/我却埋入人们的心愿。

不是我喜欢听/黄昏时的叹息;/却因为黄昏时的叹息/是宇宙中一切的智慧。/不是我喜欢看

/满眼泪的眼睛;/却因为满眼泪的眼睛/是宇宙中一切的诗歌。

当然,李广田也注意到刘荣恩还有另一类诗,如"用了最简单的文字"写出的《浮尸》:

手反绑着,/头没在水里,/顺河流去,/你是谁?/为了女人,钱,/田,国家……/引起无天亮的恐怖,/无能的怜悯。

这是刘荣恩六册诗集中"惟一一首记了年代地的诗",作于"民国三十一年六月天津"。李广田认为诗中所反映的诗人的"这种痛苦,也正是生命尚在的表现,而凡有生命都是要发声发光的,虽然只是低哑的声音,虽然只是暗淡的微光"。

对于刘荣恩诗集中这些"低哑的声音",李广田是这样概括的:"总览作者的作品,可以说:写个人的,多于写社会的,表现感觉的,多于表现思想的,因之抒情的也就多于叙事的;同时,也可以说:写个人的，较长于写社会的，表现感觉的，较长于表现思想的，因之抒情的也较长于叙事的。"李广田进一步指出："把这样的作品提示出来，一定有人对之加以责难。"但他本人对之持完全相反的态度："然而我却不愿意责难，因为我今天才知道了他们留在沦陷区里的人们的痛苦。何况作者对于他所处的黑暗环境也并不是不见不闻无声无息的，不过由于<u>重重限制</u>，只作了极有限度的表现而已。"

李广田的这个观点是很值得注意的。在《刘荣恩的诗》发表之前半个月，李广田先写下了《给抗战期间留在沦陷区里的朋友们》（刊于1946年10月27日天津《大公报·星期文艺》）。他在文中明确表态："我很同情不得已而留在沦陷区的朋友，我也深深地了解他们的痛苦。"他同时提出三点希望，提醒从后方复员回来的朋友和沦陷区的朋友应该互相加强了解，要互相敞着心敞着口，"希望这边朋友们能有作品拿出来给大家看看"。而刘荣恩的这六册诗集不就是这样的作品吗？难怪李广田读后写出了这篇颇有见地的诗评。

由于《刘荣恩的诗》发表于上海，又是刊于发行量并不大的《侨声报》，刘荣恩本人是否读到这篇诗评以及读后又有何想法，都已不得而知。但有一点可以肯定，对刘荣恩诗的评论屈指可数，此前仅见毕基初的《〈五十五首诗〉——刘荣恩先生》(刊北平《中国文学》1944年8月第1卷第8期)，而李广田这篇《刘荣恩的诗》显然更有分量。

李广田的文学评论与他的散文和诗歌创作相比，虽然篇幅上较少，但也不乏精辟之论。他先后品评过卞之琳、冯至、方敬、吕剑、臧克家和袁水拍等诗人的诗集，《刘荣恩的诗》即便置于李广田的所有新诗评论中，也是属于佼佼者。

最后必须补充一句，《刘荣恩的诗》为《李广田全集》所失收。

2021年4月18日

附记

李广田这篇《刘荣恩的诗》最初是由陈琳、杨新宇发现并介绍的,他们的评论《李广田集外佚诗及诗论小辑——兼谈刘荣恩的诗歌》刊于《新文学史料》2019年第4期,不敢掠美,特此说明。

禾金的诗

禾金,不知是否真名,因为确有禾姓。但如是笔名,倒有点别致。我要说的是1930年代在上海刊物上发表诗文的禾金。

据我所见,禾金的诗最早出现在1934年4月《现代》第4卷第6期,该期发表了他的《泼墨》,也许是禾金新诗创作的处女作也未可知。施蛰存主编的《现代》以提倡"现代诗"著称,培养了一批"现代派"年青诗人。《泼墨》并不难懂,或可视为禾金现代诗作的起步:

黄昏的围雾中,/记起了——/北国的山,/

初冬的死水,/疾风中卷起的沙粒。

幽暗的灰蓝色的天空,/耸立着黑色建筑物的剪影画。

冷风吹干了生命中的水蒸气,/奔向阿尔卑斯山顶去了。

什么时候再能梦到:/热带的棕榈树,/儿时的微笑,/奔驰着的快车,/与黄色的罗曼斯呢?

四个月后,禾金又在《现代》第5卷第4期发表《二月风景线》,这首诗"现代"味更浓,被蓝棣之兄选入《现代派诗选》(1986年5月人民文学出版社初版)。这部诗选中禾金入选的诗有五首之多,另四首均刊于继《现代》之后由戴望舒等编的另一份倡导现代诗的主要刊物《新诗》,分别是1936年12月第1卷第3期的《静夜小品》和《梦之ZIGZAG》,1937年3月第1卷第6期的《一意象》,同年7月第2卷第3、4期合刊的《大工》和《烟云》。其实,自第1卷第3期起,禾金就成为《新诗》的重要作者。1937年5月第2卷第2期就以他的《秋日偶笔》领衔,写秋色秋情，别出机杼，不妨照录如下：

风驰向无名乡土去，/原野里一川作如丝的细流，/家门前阳光煖着猫底沈睡，/高空中雁行抹过紫山。

枝条枯萎在无言中，/虫豸且振翅以悲歌，/泥壁间容有不祥之音，/伴浩月焚煎不眠的夜思人。

小灯呈献日日的黄昏，/镜中发无意添上星星，/晨昏间杜鹃啼若走珠，/独午梦远行得杳无归处。

与蓝棣之选本相隔卅四年，杨新宇编《你没读过的诗》终于又选了一首禾金的《四度空间的浅释》，原刊1937年3月《诗志》第1卷第3期，同期还刊有禾金的《G弦》和《铁桥的黄昏》，这也是我们目前所见到的禾金1930年代发表的最后一批诗。禾金这一时期写新诗从1934年起至1937年止，短短四年左右。他大概写得太少了，除了蓝棣之、杨新宇这两个选本,他的诗再未受到新诗研究者关注。而对于禾金的生平,我们几乎一无所知,杨新宇选本对作者的生卒年凡已知者均予注明,禾金却是一片空白。

不过,还是有一些蛛丝马迹可寻。禾金也从事翻译,1935年2月上海《小说》半月刊第17期就发表了他翻译的《都会小景》(英国O. Goldsmith著)。到了1940年代后期,他又在上海接连出版了好几部外国文学译著,包括小说《暴风雨所诞生的》,苏联奥斯特洛夫斯基著,1947年11月上海潮锋出版社初版;小说《前进的客车》,美国史坦倍克著,1948年4月潮锋出版社初版。手头正好还有一本禾金翻译的苏联H. 包哥廷著四幕剧本《米苏里旋舞曲》,1951年4月潮锋出版社初版。由此足可见禾金与潮锋出版社关系之密切。从此书《译后记》落款"禾金 一九五一年二月,北京。"可知禾金当时可能去了北京,而是否从此一直留在北京工作,又是一个谜。

2021年5月16日

辑六 张爱玲新史料

《封锁》删节文字

吕宗桢到家正赶上吃晚饭。他一面吃一面阅读他女儿的成绩报告单,刚寄来的。他还记得电车上那一回事,可是翠远的脸已经有点模糊——那是天生使人忘记的脸。他不记得她说了些什么,可是他自己的话他记得很清楚——温柔地:"你——几岁?"慷慨激昂地:"我不能让你牺牲了你的前程!"

饭后,他接过热手巾,擦着脸,踱到卧室里来,扭开了电灯。一只乌壳虫从房这头爬到房那头,爬了一半,灯一开,它只得伏在地板的正中,一动也不动。在装死么?在思想着么?整天爬来爬去，很少有思想的时间罢？然而思想毕竟是痛苦的。宗桢捻灭了电灯，手按在机括上，手心汗潮了，浑身一滴滴沁出汗来，象小虫子痒痒的在爬。他又开了灯，乌壳虫不见了，爬回窠里去了。

上面这两段文字来自何处？凡是读过张爱玲短篇小说《封锁》的，或许会记得吕宗桢和翠远正是这篇小说的男女主人公。莫非这两段话是《封锁》中的内容？但是，如果查阅《张爱玲全集》，无论是内地版还是台湾版，在《封锁》中均见不到这两段文字的踪影，这又是怎么回事呢？

《封锁》是张爱玲登上1940年代上海文坛的首批佳作之一，刊于1943年11月上海《天地》第2期，《天地》是另一位当时正走红的女作家苏青主编的。《封锁》发表时间与脍炙人口的《金锁记》正好在同月，比另一篇也脍炙人口的《倾城之恋》晚了两个月，比她正式发表的小说处女作《沉香屑：第一炉香》也只晚了半年，可见当时张爱玲的小说创作正处于井喷期。而胡兰成也正是读了《封锁》，惊讶于这篇小说"非常洗练"，"精致如同一串珠链"，"简直是写一篇诗"（《皂隶·清客与来者》，1944年1月上海《文潮》创刊号），才对作者刮目相看，顿生想去拜访的冲动。也许可以这样说，如果张爱玲不写《封锁》，后来的事会不会发生，恐是个未知数。

值得注意的是，上引这两段文字正是《封锁》"天地"初刊本的结尾两段。《封锁》写在战时因封锁而停驶的电车上，中年银行职员吕宗桢向萍水相逢的未婚女教员翠远调情，翠远也有点心动。但电车开动了，一切又恢复了常态。这两段文字就是写吕宗桢回家后对此事的回味和惆怅心态。1944年8月，张爱玲把已经发表的中短篇小说结集成《传奇》，由上海杂志社初版，列为《传奇》最后一篇的《封锁》末尾，这两段文字保留着。一个月之后，《传奇》再版，这两段文字仍然保留着。

然而，到了1946年11月，《传奇》增订本由上海山河图书公司初版时，这两段文字被删去了，显然是作者自己所删。从此以后，张爱玲小说集的各种版本，包括1954年7月香港天风出版社初版《张爱玲短篇小说集》、1968年11月台湾皇冠出版社初版《张爱玲短篇小说集》等在内，这两段文字统统都消失了。

当然，作者有删改自己作品的自由，但《封锁》最初收入单行本时，这两段文字并未被删，到增订本问世时才删去。也许张爱玲最终还是认为这两段文字有点画蛇添足，删去之后，《封锁》戛然而止，反而更具冲击力？不管怎样，这两段被删的文字为研究张爱玲小说版本变迁提供了一个比较典型的例证。

2021年3月14日

张爱玲与《飞影阁画报》

2021年5月,扬州广陵书社影印出版了《飞影阁画报》,一函线装六册。《飞影阁画报》与《点石斋画报》《舆论时事报》一起,被誉为晚清三大画报之一。1884年,晚清画家吴友如在上海主编《点石斋画报》,六年后,吴友如又独立创办《飞影阁画报》。《飞影阁画报》为旬刊,一月三期,共出一百三十三期。该画报先后刊出九百余幅图画,以流畅的线描形式,表现中外新闻、西学新知、都市风光、摩登时尚、文化百象、民俗信仰、家庭生活、奇珍异兽、古今掌故……,生动形象地展示了上海开埠早期由传统社会向近代都市社会的转变历程。虽然《点石斋画报》1990年代以降已多次影印,几乎达到了研究近代文学、艺术和文化的无人不晓的地步,但《飞影阁画报》无论就稀缺性还是重要性而言,丝毫不亚于《点石斋画报》,相反,其绘画技巧可能更为成熟。

那么,张爱玲与《飞影阁画报》有什么关系呢?她的第一部中短篇小说集《传奇》1946年11月由上海山河图书公司出版增订本时,代序《有几句话同读者说》中有如下一段很著名的话:

> 封面是请炎樱设计的。借用了晚清的一张时装仕女图,画着个女人幽幽地在那里弄骨牌,旁边坐着奶妈,抱着孩子,仿佛是晚饭后家常的一幕。可是栏杆外,很突兀地,有个比例不对的人形,象鬼魂出现似的,那是现代人,非常好奇地孜孜往里窥视。如果这画面有使人感到不安的地方,那也正是我希望造成的气氛。

《传奇》有三个不同的版本,即1944年8月上海杂志社初版本。同年9月上海杂志社再版本和这个增订本。三个版本的封面各个不同，增订本封面尤其令人瞩目。上面这段话中，张爱玲透露了两点：一，增订本封面图"是请炎樱设计的"；二，封面图"借用了晚清的一张时装仕女图"。对第一个说法，我一直有所怀疑。炎樱虽是张爱玲的闺蜜，但她毕竟是外国人，对晚清的时装仕女图熟悉到竟能从中挑选"借用"，似乎不大可能。可能性更大的是，封面图是张爱玲自己选的，打了炎樱的招牌。对第二个说法，被"借用"的晚清时装仕女图到底来自何处，以前已有研究者指出过，可惜语焉不详。随着《飞影阁画报》的影印，这个疑难问题终于水落石出了。

《飞影阁画报》有不少专栏画，把"时妆士女"栏之第二十六号图与《传奇》增订本封面图相对照，就可发现此图即为封面图所依据的原图。此图题"以永今夕"，作者署"友如氏"。比对原图与《传奇》增订本封面图，虽然家庭主妇在玩骨牌、女佣抱着小孩在旁观看的主干不变，但明显的区别有如下三点：一，原图左侧的拉扇女僮，睡榻和右侧墙上的照片及靠窗的拉扇等，封面图中均被删去；二，原图左侧的痰盂移花接木，被移到了封面图右侧下方；三，也是最重要的改动，封面图右侧窗下，增添了一个"比例不对的人形，象鬼魂出现似的"，张爱玲对这个"现代人"做了说明。这个"现代人"，我怀疑也出自张爱玲本人的手笔。

经过如此这般的增删改造，《飞影阁画报》中"时妆士女"栏之"以永今夕"图变成了《传奇》增订本的封面图。从中不仅可以研究张爱玲为何"借用"这幅图，更可了解现代文学与近代绘画通过这种奇特的方式进行了对接。这就是张爱玲与吴友如和《飞影阁画报》的因缘。

2021 年 8 月 1 日

《太太万岁》新史料

《太太万岁》是张爱玲编剧的第二部电影,张爱玲还为此写了《〈太太万岁〉题记》。我三十年前就写过《围绕张爱玲〈太太万岁〉的一场论争》予以梳理。然而,《太太万岁》当时公映后产生的反应,还是远远超出了我的想象。日前见到一组刊于1947年12月上海《时事新报晚刊》的《太太万岁》评论,均为我当年所未曾寓目者。12月18日该报影戏评论副刊《六艺》以几乎全版刊出"太太万岁研究特辑",这是当时上海报刊唯一的关于《太太万岁》的特辑,《六艺》在《启事》中表示:"今天因出'太太万岁研究特辑',所有其余影剧稿件,只能暂停……若读者间再有关于《太太万岁》之文稿，仍盼投寄。""特辑"共有四篇文章：

> 评《太太万岁》的主题　　　陶熊
> 张爱玲的"杰作"《太太万岁》
> 题记和电影　　　　　　　　莫琴
> 评《太太万岁》中的人物　　管玉（未完）
> 石挥在《太太万岁》中　　　沈吟

12月19日《六艺》续刊管玉一文下半部分，12月24日《六艺》又刊出忱忱的《也评〈太太万岁〉》。这样，《六艺》先后共刊出五篇评论《太太万岁》之文，单就数量而言，当时已是首屈一指。

令人意外的是，五篇文章的作者陶熊、莫琴、管玉、沈吟、忱忱均名不见经传，应该全部都是笔名或化名。这就有点意思了，难道当时评论张爱玲的电影已有所顾忌？

还是先来看看这些文章是怎么讨论《太太万岁》的。五篇评论对《太太万岁》都有所批判，从影片主题到片中人物到张氏《题记》到演员石挥的演技，无一不是批判对象，或先扬后抑，或全盘否定。陶熊一文虽然承认：

> 《太太万岁》的作者就是一位不在"写什么"和"为什么写这个"上着力，而专在"怎么写"和"为什么那么写"上下力的作者。她把《太太万岁》的故事和形式写得很完美，应用的技巧也颇使观众喜欢。但这剧的主题和内容却不像形式和技巧那样的成功。

接着就笔锋一转，揭露并指责《太太万岁》"作者站在自己阶层的立场替自己这一阶级中的丈夫说话，她希望她自己阶级中的太太们，不论丈夫卑劣到如何程度，做太太的应该为他牺牲。作者的目的不过如此。……这主题和内容中，包藏了无量数的毒素"。这个批判是十分严厉了。

莫琴一文同样如此。作者看了《〈太太万岁〉题记》和电影之后，先对张爱玲称赞了几句：

> 我深深地佩服张爱玲的才气。她文章是写得那么流利，故事是写得那么完整。因而使我知道了她对写作是有修养的，并不是"半瓶醋"似地在胡闹。可是，我读完了流利的题记，和看完了完整的电影故事后，想再看她为什么写这文章和电影的时候，竟使我大大地失望了。

然后此文从七个方面批判《太太万岁》，结论是"用自我陶醉的方法来写文章和电影《太太万岁》是不成的。因为这是艺术，尤其是电影艺术，它必须一方面有银幕效果，另一方面有教育目的……《太太万岁》只有银幕效果和作者的主观思想，没有教育目的和不顾客观反应"。一言以蔽之，这部电影完全失败，一无是处。

张爱玲当时是否读到这组激进的批判文字，不得而知。但此后两年里，她未再动笔，计划中的电影《金锁记》也胎死腹中了。

2022 年 1 月 16 日

《太太万岁》说明书又一种

张爱玲编剧、桑弧导演的电影《太太万岁》1947年12月14日在上海首映。当时上海各大影院为配合此片上映所印的说明书,我所见过的就有四五种。我一年前写过一篇《〈太太万岁〉新说明书》,介绍新发现的1950年10月内地某市上映《太太万岁》的说明书。万没想到,我上周又得到老友张伟兄馈赠的一种新的《太太万岁》说明书。

这份说明书32开对折四面,第一面上印着:

大光明影讯第六期 院址:至平路九号 电话:壹伍肆贰

民国卅七年八月十九日　大光明戏院广告部主编

太太万岁　编剧张爱玲　导演桑弧　文华公司最新出品　新型大喜剧！

谨以本片献给世上任何一位丈夫：做太太的痛苦在那里？太太万岁完全告诉你！

妙趣横生　精妙绝伦　取材别致　情调幽美　绝顶风趣　万般细腻

上官云珠　石挥　张伐　韩非　蒋天流　汪漪　路珊（联合主演）

第二、三面是《〈太太万岁〉本事》，以一千二三百字的篇幅简述《太太万岁》剧情，紧凑而生动。又有《幸福的狂想曲》等另三部"新片预告"，还有一则短讯《首届国民大会选举正副总统新闻特辑将在本院隆重献映》。第四面是《〈太太万岁〉演员介绍》，实为上官云珠、石挥、张伐、韩非、路珊、蒋天流六位的"小传"，均绘声绘色，还有两则中外影片预告。现录《太太万岁》女主角上官云珠的"小传"以见一斑：

> 上官云珠，是影圈里所推崇的反派优异人才，自《七重天》后，上官云珠被选为反派圣手，其造诣之深，影圈里罕有其匹，饰豪门内眷，细腻一如水银泻地，《一江春水向东流》之何文艳，妖冶风度，处处逼真，影迷为其迷荡者颇多，圈内目为至宝。

我感兴趣的是，这份说明书是当时哪个城市上映《太太万岁》时使用的。显而易见，说明书中的"大光明戏院"，并非闻名中外的上海静安寺路（现南京西路）大光明电影院。这个"大光明戏院"是在"至平路九号"。那么，哪个城市有至平路？据查，广州市有一条叫至平路的老街。说明书第一面和第四面下端又印有一行小字"福平路开文印务局印"，也就是说这份说明书是设在福平路上的开文印务局印的。又据查，也有一条福平路在广州市，这就不是巧合了。再看说明书第三面上那则短讯，其中有句话：新闻特辑"最近在沪杭平津等地上映时,叫座打破任何影片之记录,兹本院为适应观众诸君之需求,藉表敬忱起见,爱不惜巨资于月前派员飞沪向该厂(指中央电影摄制厂——笔者注)租获映权"。请注意"飞沪"两字,也就是说从"大光明戏院"所在城市搭飞机飞往上海。当时这样的城市屈指可数,广州却是这样的城市。因此,综合上述三点,可初步推断,这份电影说明书是广州至平路九号的大光明戏院印制的,时在1948年8月19日。

撰写电影剧本,是张爱玲在小说散文之外开辟的又一条文学创作路径。她的电影拍成上映后,在当时观众中产生了怎样的影响,电影说明书是了解观众接受度的一个实证。以前我们只能从上海各影院的说明书得知《太太万岁》在沪上映的盛况,未见其他城市的上映说明书,而今这份说明书的出现,提供了广州上映此片的一个证明,很有意思。

2021年12月5日

《十八春》新评论

三十四年前,当我在上海《亦报》发现张爱玲中篇小说《小艾》后,曾应港台读者之请,又辑集了《亦报》上关于张爱玲第一部长篇《十八春》(后张爱玲在美国修改并改书名为《半生缘》)的评论。后来又和别的研究者先后作过增补。不料,还是有"漏网之鱼"。日前,京中友人赵国忠兄发来一篇刊于1951年1月26日《亦报》的署名"齐甘"作《挂断的电话》,是读《十八春》的札记,照录如下:

> 梁京同志(免得称女士小姐也)写女性心理入微,算它没有什么稀奇,但写男性心理有更加

刻骨之处，委实不由人不佩服。《十八春》中在十八年后，世钧忽接曼桢电话，呆了半天，那还容易描摹；二九七天世钧去打电话给曼桢，等了半天，听见电话中小孩的哭声，又矛盾起来，终于把电话挂断了走掉，这是很难揣测的。虽然是"半辈子已经过去了"的男子之常情，正因其是常情，连一般男性的小说家也极少写得出来。

上面一段欣赏论不是我说的，乃是一位朋友所发，原来这位朋友好不容易得到了他的十多年不见的爱人家里的电话号码，照他说，他从此每次手接触到电话机，就一定有一种意图，要把这个号码拨出去或者叫过去，而且，他几乎十次有九次照着他的意图拨了或者叫了，但是一到他听见了对面的电话铃响，他一定又剧烈心跳用战栗的手把听筒搁了上去。其中只有一回，他有了勇气听到对面一个似是而非的声音问了一句"喂，哪儿？"那一回，结果他竟慌忙说了一声："哦，对不起"，表示打错了号码，又把电话挂断了。

至于我，对这种已经过去了半辈子的情事是

如此之无动于中了,所以我对这位朋友的教训是:"如果我是你那位爱人的丈夫,发现家里的电话,时不时闹这种鬼花样,准把电话机拆了,甚至把家搬了。我的意思是,就连这样的不知抑制,其实也犯了破坏家庭罪(他家和自家)。无结果的深情到了某种地步,只能让它如死水,如化石;不然便非爱你的爱人之道。除非她恰巧是曼桢,你又无翠芝和儿女。"

话虽如此,要是小说家的梁京安排得好,就令世钧曼桢重圆,我也是从心底里拥护的。

应该说明,齐甘是徐淦的笔名。徐淦与周作人同乡,忘年交,也是当时上海《亦报》《大报》的重要作者。我1980年代初因研究周作人与其通过信,惜不知他也喜欢张爱玲的作品,未与他讨论张爱玲。他在《亦报》写张爱玲的文字,我先已辑录1950年9月11日的《亦报》刊《〈十八春〉事件》。这篇《挂断的电话》从标题看,与张爱玲似完全无关,以致又沉睡了那么多年,而今终于出土。

此文开头称"梁京同志（免得称女士小姐也）"，既有时代特色，其实也在暗示"梁京"是女作家。文中揭橥"梁京"（张爱玲）文笔之妙，不仅擅写女性心理，对男性心理的描绘也探微烛幽。齐甘抓住《十八春》男主人公沈世钧在阔别十八年之后与女主人公顾曼桢互相致电这个细节，并引述"一位朋友"的现身说法，对这个细节大加赞赏，"连一般男性的小说家也极少写得出来"。只是他"拥护"沈世钧与顾曼桢能够阔别"重圆"，可张爱玲《十八春》结尾的安排还是让他的希望落了空。

2021 年 6 月 20 日

《十八春》又一新评论

上周介绍1951年1月26日上海《亦报》所刊齐甘（徐淦）的《挂断的电话》，原以为打捞张爱玲《十八春》评论的工作已告一段落，不料，还有新惊喜。1950年4月18日上海《亦报》还刊出齐甘的《〈十八春〉的声色和造型》，这又是一篇精彩的《十八春》评论，仍先照录如下：

> 我给梁京的小说旧有的批语是"有声有色"四个字。自然他的作品不止这两点好处，但这两点是他的不可及处。有声同有色比起来，似乎是他在把握住有色之后再加进去的功夫，所以又是

有色特别的不可及。从他的新作看起来，他保持了他的特长，而且发挥得更自然了。我希望《十八春》的看官们不要轻轻忽略了这方面的欣赏。我想像在梁京坐着写作的明窗下的净几之上，罗列着各种颜料，至少是应有的原色和一只调色盘；他的右手的四指之间，夹着两三支笔，他写的是小说，却又是在作画。他又树起了他的耳朵，"录"着他的小说的背景上所发出来的"音"，他企图把音乐的成份按到字里行间去。

鲁南先生感到《十八春》里写"翻日历"的手法有点别致，又特别赞美写"红手套的心情"的细腻。我还佩服他所造的人物的形象。叔惠大概只是个陪客，但作者没有疏于交待这个陪客的性格，随时来同世钧做对照；即使只为了情节上要把叔惠支开，他还要写出他是同朋友赌东道赢了吃西餐去的。赌东道，吃西餐，这些也是有助于这个浮浅的少年的性格之刻划的。祝鸿才大概只是更不重要的登场人物，但作者除了在他出场之前先从孩子口中介绍他的"不笑象鼠一笑象猫"的讨厌相,又从曼桢的目中看见他是:"瘦长身材,削肩细颈,穿着一件中装大衣,叉着腰站在门口。"这个人的讨厌相就写足了,你只要闭目想一想这幅吞头势好了!换个人写,会写他飞机头上搽点雪花膏斜睨着小眼睛的吧,那就不但不是大家,简直不是及格的小说家了。

《十八春》还只读了它的十八分之一吧,像好戏听了一段就叫起好来似的写了这许多,说实在话,一则可以充一天"亦文章",二则想给《亦报》多拉几个长期定户。

不过对眼睛有福的读者总归是好心好意的。

张爱玲的《十八春》1950年3月25日起在《亦报》连载,徐淦发表这篇短评时刚连载了廿四天,还未入佳境。但徐淦已经在他的专栏"亦文章"中赞不绝口。

徐淦认为张爱玲小说最不可及处是"有声有色",特别是她"写的是小说,却又是在作画"。张爱玲"文中有画"这个观点早在七年前柯灵即已提出,他在1943年8月《万象》第3年第2期的"编辑室"中说：张爱玲也"擅长绘事，所以她的文字似乎也有色泽鲜明的特色"。但"有声"却是徐淦的发明，指出张爱玲"企图把音乐的成份按到字里行间里去"，说得真好。不过，徐淦虽然称赞张爱玲写祝鸿才出场把他的"讨厌相写足了"（"吞头势"是上海话，形容鬼模鬼样），但推测"祝鸿才大概只是更不重要的登场人物"是推测错了，在《十八春》和后来的《半生缘》中，祝鸿才都不可或缺。

  这样，加上我以前发现的《〈十八春〉事件》，《亦报》刊登的徐淦评张爱玲《十八春》文就达三篇之多，颇难得。

2021年6月27日

唐弢评张爱玲

日前在上海的"鲁迅和现代作家手稿研讨会"上，见到一份文学史家唐弢（1913—1992）的《四十年代中期的上海文学》手稿（不全，缺后半部分）。现存手稿最后一页上出现了张爱玲的名字，引起我的极大好奇。因为在我的记忆中，唐弢似从未写过张爱玲。他也是大名鼎鼎的新文学藏书家，但我查过《唐弢藏书目录》（中国现代文学馆编印），他所藏的《传奇》竟是"1945年2月15日第六版"（实为盗印本）。

查阅相关资料得知，《四十年代中期的上海文学》是唐弢1981年12月在香港中文大学中国现代文学研讨会上宣读的论文，全文发表于北京《文学评论》

1982年第3期，先后收入唐弢著《西方影响与民族风格》（1989年12月人民文学出版社初版）和《唐弢文集》第9卷（1995年3月社会科学文献出版社初版）。

唐弢此文讨论1940年代中期"曾在《万象》写稿以及和《万象》有过关系的作家"时，说到了张爱玲：

> 我在这里还想谈几句张爱玲。张爱玲的《金锁记》的出现，在当时确实称得上一个奇迹，作品风姿绰约，意象生动。傅怒庵（雷）奔走告语，广为延誉，并于一九四四年五月一日出版的《万象》第三年第十一期上，用"迅雨"笔名，写了一篇《论张爱玲的小说》，纵论《倾城之恋》《封锁》《琉璃瓦》《年轻的时候》《连环套》等篇，根据心理描写、节略法、风格等几个方面分析，独推《金锁记》为作家"目前为止的最完满之作"，"至少也该列为我们文坛最美的收获之一"，我以为这个评论基本上正确。由于作家写

的是人生道上她所熟悉的那段有限的生活，成功地写出了她的《金锁记》。以后出于政治偏见，张爱玲满足于浮光掠影，道听途说，不能深入地描写真实的生活，《金锁记》成了她的代表作，既是最初的作品，也是最佳的作品。起点即是顶点。而傅雷当年的评述，"不幸而吾言中"，竟成为不易之论了。

应该指出，这段关于张爱玲的论述，就篇幅而言，远低于此文中对废名、钱锺书、师陀等作家的评论，但唐弢毕竟正式提出了张爱玲并给予简评，还是值得肯定，何况这是改革开放以后，内地文学史家首次评论张爱玲。当然，唐弢对张爱玲不无保留，他只是引用和赞同傅雷的观点，自己发挥并不多。他认为《金锁记》是张爱玲前期"最佳的作品"，应无异议，但他所下的张爱玲"起点即是顶点"的结论显然难以成立。此文收入《西方影响与民族风格》时，附录了唐弢给两位读者的一通复信，信中一方面表示对夏志清评论张爱玲的提法有所"保留"，另一方面也承认

"我们的文学史没有论述甚至提及（张爱玲）这些作家，尽管有种种不同原因，却还是很大的疏漏和错误"。

然而，此文发表两年之后，唐弢主编的《中国现代文学史简编》于1984年3月由人民文学出版社初版，书中仍无关于张爱玲的片言只字，这是一个新的缺憾。而我1980年代常向唐弢先生请益，可惜粗心大意，未能就评论张爱玲与他探讨，也悔之晚矣。

还应提到的是，宋淇参加了1981年12月香港中文大学的研讨会，他同年12月25日致函张爱玲通报，并对王辛笛、柯灵发言中提到张爱玲作了介绍，但未提及唐弢。因此应可判断，张爱玲并不知道唐弢这段评论。

2021年9月26日

辑七 译苑种种及其他

李青崖其人其译

李青崖(1886—1969)系湖南湘阴人,留学法国,是最早的新文学社团文学研究会会员。文学研究会1921年1月创立于北京,李青崖当年就加入了,会员号第82号。发起人周作人3号,另两位发起人茅盾9号、郑振铎10号。朱自清53号,冰心74号。新诗人朱湘90号、梁宗岱92号、徐志摩93号。李青崖加入文学研究会比朱、梁、徐三位都早,可见其资格之老。

1923年1月,郑振铎主编的《小说月报》第14卷第1号发表李青崖译莫泊桑短篇小说《政变的一幕》,当时他把莫泊桑译作"莫柏桑",从而揭开了李青崖潜心从事莫泊桑翻译的序幕。1923年11月,上海商务印书馆出版了李青崖译《莫泊桑短篇小说集一》,列为"文学研究会丛书"之一。为此书作序的是比李青崖大一岁的杨树达,他后来成为大名鼎鼎的语言文字学家、史学家。杨树达在序中称自己"最欢喜读法国莫泊桑的短篇小说",而对李青崖直接从法文译出莫泊桑作品表示赞赏,并希望他"继续不断地将莫泊桑所有的著作都译出来"。1920年代后期,李青崖又与上海北新书局合作,翻译出版莫泊桑,查《鲁迅手迹和藏书目录》(1959年7月北京鲁迅博物馆编),李青崖翻译的北新版《苡威荻集》《羊脂球集》《哼哼小姐集》《遗产集》《霍多父子集》等五种莫泊桑短篇小说集(均1929年出版),鲁迅均有收藏。

当然,在中国现代文学翻译史上,翻译莫泊桑,李青崖未必是第一位。鸳鸯蝴蝶派大家周瘦鹃译过,新文学作家李劼人、耿济之、徐蔚南、黎烈文等都译过,或比李青崖早,或差不多同时。有趣的是,1923年4月,有一位叫谢直君的翻译印行《莫柏霜短篇》,

系译者以"天卧楼丛刻"第一编的名义自刊。七个月后,李青崖译商务版《莫泊桑短篇小说集一》才问世。这样,中国翻译出版莫泊桑小说集,李只能屈居第二。无独有偶,李青崖不仅翻译莫泊桑,还翻译福楼拜。1927年6月,李青崖翻译的弗罗贝尔(即福楼拜)代表作《波华荔夫人传》(即《包法利夫人》)由商务印书馆初版,也列为"文学研究会丛书"之一。但在他之前,另一位留法作家李劼人已捷足先登,1925年11月中华书局初版李劼人译《马丹波娃利》。这样,中国翻译出版福楼拜这部世界文学名著,李青崖又只能屈居第二。尽管如此,把翻译莫泊桑作为毕生的志业,而且现代文学史上翻译莫泊桑最多的,则非李青崖莫属。

李青崖早有翻译莫泊桑全集的打算,已在商务出版了《莫泊桑短篇小说集》三集,在北新出版了《莫泊桑全集》九集(均为短篇小说集)。1949年后,他不仅修订了已译的莫泊桑中短篇小说,还再接再厉,翻译出版了莫泊桑的长篇小说《俊友》《人生》和《温泉》。要不是因为"文革"而赍志以殁,李青崖完全可以实现他的宏愿。

除此之外,李青崖的其他新文学活动也可圈可点。他是《新月》杂志的作者,1933年2月新月书店出版了他唯一的短篇小说集《上海》。此前一年,他列名林语堂主编的《论语》创始人之一,并陆续在《论语》上发表了一系列有其个人特色的杂文和回忆录。抗战胜利后,他又主编过复刊的《论语》。李青崖的这些文学成就大都不彰,还期待有心人认真发掘和研究。

2022年5月29日

张竞生译《卢骚忏悔录》

张竞生译《卢骚忏悔录》"三书","第一书"1928年5月上海美的书店初版,毛边本,印数1500册;"第二书"同年7月初版,印数减为1000册;"第三书"同年12月初版,印数不明,且改为旅欧译述社发行。"三书"均列为"烂熳丛书之一"。当然,《忏悔录》这部大书,张竞生还没有译完。

卢骚(现通译卢梭)是法国大文豪,不必赘言,张竞生是五四时期有名的性学家,也不必赘言。但张译《卢骚忏悔录》流传不多,"三书"齐全尤为难得,还是值得一说。"第一书"前译者《序》就写得很好,限于篇幅,略去第一部分后迻录如下:

卢骚的文字极为醇厚，而且在醇厚中，觉得他的尖锐。我个人则爱他的"双扣句法"，即一句中常含有二个相成或相反的意义在内。可惜此种句法在中文极难译出。不善用笔者，反而变成为俗套的"仗句"，或成为拖沓的繁文。我曾请友人译此书，及文成，觉得其拖沓不可用。但我不知自己的文又已经流入于俗套未曾？

可是，我们介绍此书的目的，不仅在文字已也，又希望卢骚之魂来降临于此邦，诚以卢骚为自然主义，及浪漫派，与情感文学的首领。他的《民约论》为世界革命的前锋。他的《欧美儿》为自然教育的先声。他的具有文学与哲理两长的《忏悔录》实集情感派的大成。他的功勋岂是一班胸有成见的古董所能污蔑抹煞？一个天才而又富于奋斗的卢骚，当然不能全璧无瑕，岂能因其些错误而遂忘其大德？我人为崇拜其学说而钦仰其人，岂必学其恶而遗其善？故我们不妨为浪漫派，但不必学卢骚的放下五个子女于育婴院（除非到儿童公育之时）。我们不妨主张自然主义，但不必效他反对文明。我们崇仰情感,但不必去蔑视理智。卢骚有他的伟大,我们有我们的伟大,正不必相模仿,也正不必因卢骚有些错误而遂蔑视其伟大。知乎此理,然后可与谈卢骚。

卢骚之魂来兮,/浪漫又烂熳兮,/烂熳之花已开遍了;/浪漫潮流的轰击,/尚无已时,将无穷期!

民国十七年时正仲春,百花盛开,春潮正涨之时,也正日兵屠杀济南之日,感怀世事,聊歌以当哭耳。

张竞生对卢梭其人其文及其历史影响的分析和评价,客观而中肯,至今读来仍可成立。而"浪漫又烂熳兮"的吟颂,或许就是将其所译此书列为"烂熳丛书之一"的原因吧?此书不仅是《忏悔录》的第一部中译本,也是卢梭进入中国的第二个文学译本(第一个译本是魏肇基译《爱弥儿》,1923年6月商务印书馆初版),凭此两点,张竞生推介卢梭之功就不可没。

差不多与张竞生翻译《卢骚忏悔录》同时,鲁迅与梁实秋就梁所写的《卢骚论女子教育》展开论战，郁达夫也写了《卢骚的思想和他的创作》和《卢骚传》两篇长文，这是必须提到的。

还需说明的是，出版《卢骚忏悔录》"第一书"和"第二书"的美的书店，其实是张竞生自办，"第一书"版权页前的美的书店"最近出版的新书"广告中，列出《爱情定则讨论集》（张竞生编）、《留欧外史》（黎锦晖编）和《拥护革命的情人制》（金满成著）等书，从中可以看出张竞生当时的兴趣和努力之所在。

2021年是卢梭《忏悔录》这部"个性解放的宣言书"出版二百四十周年，就以这部世界名著第一个中译本的介绍作为一个小小的纪念吧。

2021 年 7 月 11 日

鹤西译《一朵红的红的玫瑰》

《一朵红的红的玫瑰》,译诗集,署"白尔痕斯著,鹤西选译",1928年9月北平文化书社初版。作者"白尔痕斯",这个译名很陌生,但若说彭斯,就会明白了。彭斯(Robert Burns,1759—1796),苏格兰大诗人,在英国文学史上占有重要地位。译者鹤西,原名程侃声(1908—1999),农学家、水稻育种栽培学家。但他同时也是现代诗人、散文家和翻译家。不过,他因与鲁迅进行过一场论争,在相当一段时间里退出文坛,以致长期文名不彰。直到改革开放以后,他先后出了《野花野菜集》(1987年自印)和《初冬的朝颜》(1997年5月上海书店出版社初版),

才又重新被现代文学研究界"发现"。

这本中英对照的彭斯诗选,是鹤西继《镜中世界》(英国嘉莱尔著)、《红笑》(俄国安得列夫著)等之后翻译的第四本书。他晚年在《不幸的书稿》一文中这样回忆:

> 稍后,又在该社(即北平文化书社——笔者注)出版了《一朵红的红的玫瑰》,是译的彭斯(Burns)的诗,记得封面是请卫天霖先生画的图案,装帧还过得去……

确实,《一朵红的红的玫瑰》是毛边本,装帧素雅。封面画出自著名油画家、美术教育家卫天霖(1898—1977)之手,应是他1928年自日本归国后的作品。书的前后环衬的装饰画也颇别致,疑也为卫天霖所作。

《一朵红的红的玫瑰》只选译了彭斯"区区的二十余首"诗,但书前有鹤西所作长序和彭斯传略。因彭斯的诗富于歌唱性,鹤西强调书中所选"完全是他底歌（songs）","他底最动人的歌"。鹤西以诗一般的语言归纳彭斯的诗，颇为到位：

> 勇敢得好像情人们互相牺牲的精神，恳挚得好像他们辗转竟夜的相思，甜美得好像他们相遇时的微笑，温柔得好像他们临别的泪珠，这样的就是 Burns 底歌了。

作为书名的《一朵红的红的玫瑰》这首诗列在此书卷首，也是彭斯最为传诵的一首爱情诗。鹤西的译文如下：

> 我爱像朵红的，红的玫瑰，/新在六月里把花瓣吐开，/我底爱是像甜美的音乐，/调儿在弦上正奏得和谐。
>
> 你如此地美丽，我底女郎，/我爱你又是如此地心坚，/我爱，我仍要爱你，一直到，/一直到所有的海水枯干。
>
> 一直到所有的海水枯干，/我爱，和岩石在

日中销融，/我总会爱着你，我爱，只要/生命的水呵还滴在漏中。

哦别了，我底唯一的爱人，/我们且暂别一瞬的时光！/不久我就要回来了，我爱；/那怕相隔在万里的远方。

此诗后来又有王佐良、袁可嘉等名家的多种译本，如果加以比较，一定很有意思。有必要补充的是，鹤西这个译本比袁水拍译《我的心呀在高原》（R. 彭斯和 A. E. 霍斯曼的诗歌选集，1944 年 3 月重庆美学出版社初版）早了整整十六年，应是彭斯诗歌的第一个中译本。因此，鹤西率先译介彭斯，功不可没，尽管此书《中国现代文学总书目》和《民国时期总书目》均未著录，流传甚少。

1994 年，我为协助钱谷融先生编选《中国现代散文精品文库》，曾与鹤西先生通信，还承他题赠《野花野菜集》。但那时并不知道他译过这本《一朵红的红的玫瑰》，失去了向他请教的机会，真可惜。

2022 年 4 月 10 日

梁遇春译吉辛

被郁达夫誉为"中国的爱利亚"(英国散文家兰姆笔名)的梁遇春,生前只出版了散文集《春醪集》,而散文集《泪与笑》是他殁后由友人废名代为编定的。这两本薄薄的散文集奠定了梁遇春在中国现代散文史上的重要地位。故友吴福辉兄当年编集《梁遇春散文全编》(1992年10月浙江文艺出版社初版),就感叹搜集梁遇春散文之不易。日前有幸见到梁遇春译注的《诗人的手提包》,英国吉辛(George Gissing,1857—1903)著,卷首引言即为《梁遇春散文全编》所失收,照录如下:

他的父亲是一个药剂师,他受过良好的教育,能够拿希腊诗歌做消愁解闷的东西。十九岁时候,他被一个普通的女人迷了,把她娶来,还偷一位朋友的皮夹子给她,因此下狱。二十岁时候,流落到美国去,当照相师,装置煤气灯的人,报馆访员糊口。后来从德国回英国来,专靠写稿子谋生,但是常有得不到东西吃的时候,英国博物院的盥洗所是他唯一洗澡的地方。他的妻子变成醉鬼,后来甚至于随便当人姘头。她死了,他又不能忍受寂寞的独身生活,就向随便遇到的女人求婚,把她娶来。起先他的朋友再三劝阻他,但是他天真地答道:"他们同样地可以叫他不吃通常的食物,因为过几年后他能够买到精美的食品;然而他每天不能不有些滋养料;现在他到了一个时期,当他非有一个妻子伴着就不能过日子。"他还说:"天下只有可怜的女子才肯嫁给我这么一个可怜的男子。"他们婚后的生活是不幸极了,终于离散。晚年他娶一个法国女人,他小说的销路也渐渐好起来了,生活也比较舒适些,然而夕阳无限好,不久就死了。

他写有许多长篇小说,*The Unclassed* (1884),*Demos* (1886),*Thyrza* (1887),*The Nether World* (1889),*New Grub Street* (1891),*Denzil Quarrier* (1892),*Born in Exile* (1892),*The Odd Women* (1893),多半是描状伦敦贫民窟同工厂的灰色生活。他终身住在伦敦小屋的顶楼上,和下流的人们一起过活,深尝过贫穷的苦痛,所以对于下等社会特别有同情。他又是个悲观主义者,觉得世上无处不是凄凉的境地,太阳光终不会射到屋里。他极能道出失败人的心理,并且他的失望始终含有惆怅的诗意,所以他的书对于沦落的人们有极大的魔力。他晚年写有一本散文,*The Private Papers of Henry Ryecroft*,充满了恬静幽怨的情调,是散文里一部杰作。他还有几本短篇小说集,*Human Odds and Ends*,*Victim of Circumstances*,*The House of Cobwebs*。上面这篇《诗人的手提包》是收在《人生的零碎》(*Human Odds and Ends*)

里面。

他说:"当今的艺术应当传达出'困苦'的意义,因为'困苦'是近代生活的基本音调(keynote)。"这句话可说是他的艺术论。

短篇小说《诗人的手提包》1931年3月上海北新书局初版,列为"英文小丛书"之一。这是一套英汉对照的文学翻译小丛书,精选英美名作家的短篇小说、散文或诗,译注者除了梁遇春,还有傅东华、石民、贺玉波、张友松等。梁遇春这篇引言其实可视为吉辛的小传,在短短七百余字篇幅内勾勒了吉辛坎坷的一生,并对其小说和散文创作的艺术成就作了简明扼要的点评,读来颇感亲切。

梁遇春大概是最早把吉辛介绍给中国读者的译者之一。不过,中国读者更为熟悉的应是吉辛的《四季随笔》(李霁野译,1947年1月台湾省编译馆初版)。如果梁遇春不英年早逝,他很可能也会翻译此书。

2021年11月28日

从黎烈文签名本说起

文学史家唐弢对黎烈文的文学翻译评价甚高,曾追忆 1930 年代读黎翻译的梅里美《伊尔的美神》、罗逊《冰岛渔夫》等法国文学作品"秀润自然,'如瓶泻水',大家奔走相告之余,得出一个共同的结论:名著名译"(唐弢:《〈黎烈文作品集〉序》)。手头正好有一本黎烈文的签名本《邂逅草》,署"纪德等著,黎烈文译",1937 年 5 月上海生活书店初版,小 32 开精装,前环衬有竖写钢笔题字:

尹默先生教正　　烈文敬赠

时隔多年，钢笔字墨迹已略褪色了。"尹默先生"当指五四《新青年》同人、后成为大书法家的沈尹默。当时沈尹默卜居上海。全面抗战爆发后，沈尹默于1939年下半年入川。因此，此书黎烈文题字虽无落款时间，但大致应可推断在1937至1939年之间。

《邂逅草》已是黎烈文的第八本译文集，分论文、小说、戏曲、印象·书简·杂文四部分。作者以法国为主，还包括俄苏、意大利、西班牙、美国、德国和日本等国，最主要的作者是纪德。黎烈文在《前记》中明确表示他对"忠于自己良心的老人"纪德的"钦敬"，并透露此书"借用了纪德著作的名字'邂逅草'来作书名"。书中也收录了纪德的小说《邂逅草》三则。黎烈文对这本译文集颇为自信：

> 集印起来，在我，能够看到过去的一点成绩，固是幸事；而在读者诸君，也可以拿来当作一本五花八门的杂志看，或许不会毫无所得罢。——至少总比化钱去买粪篝"文人"的骂人文字，时下"战士"的诽谤作品合算多了！

除文学翻译，黎烈文还有一个贡献是主编《申报·自由谈》，并以此在中国现代文学史青史留名。他1932年留法归国后，于当年12月1日接编《自由谈》。由郁达夫介绍，鲁迅于次年1月30日起为《自由谈》撰稿，遂与茅盾一起成为《自由谈》的"两大台柱"，而《自由谈》也成为1930年代中期著名的言论"公共空间"。《申报·自由谈》原由"鸳鸯蝴蝶派"大将周瘦鹃主持，《申报》老板史量才为何弃周取黎？这虽然可由当时文坛风气转变、新文学已然崛起等原因加以解释，但毕竟还缺乏更具体的理由。日前读《叶灵凤日记》（2020年5月香港三联书店初版），竟然见到一条直接有关的记载。叶灵凤1968年5月13日日记云：

> 报上有一篇介绍黎烈文的文章（此人现在台湾），说他编《自由谈》，对于提倡杂文与鲁迅如何交好等等。不知黎能够进入申报馆，全凭史量才的关系。而黎有一妹，拜史为干爹，闻有不可说的秘密关系。黎遂经常出入史之门。他本在商

务任校对，后来能往法国留学，也是出于史之帮助。此事现已少人知。当时张资平因小说被"腰斩"，曾讥黎"以姊妹嫁作商人妾"，倒骂得对！

这是叶氏日记中信息量甚大的一段掌故，或也可称"八卦"。张资平的长篇《时代与爱的歧路》本在黎烈文编《自由谈》连载，1933年4月23日因"时接读者来信，表示倦意"而"停止刊载"，史称"腰斩张资平"事件。张资平为此"讥黎"固不可取，但黎与史之关系在当时想已有流传，而今虽难再查实，但叶灵凤记下这一笔，却提供了一个重要线索。当然，不管怎样，黎烈文编《申报·自由谈》的功绩仍应充分肯定。

2020年11月8日

林语堂译《猫与文学》

林语堂翻译的《猫与文学》是英国作家赫胥黎(Aldous Huxley, 1894—1963)的一篇随笔,刊于1936年8月1日上海《宇宙风》第22期,为其专栏"小大由之"之十六,是该专栏的殿后,也是唯一的一篇译文。林语堂1936年8月11日举家赴美定居,在去国前的忙乱中,他还挤时间译出这篇"闲文",自然有其原因。

《猫与文学》译文前有林语堂的《小引》,开头就说:"上期读丰子恺先生的《物语》,读到葡萄、南瓜、鸽、猫,体会入神,想这种小品文何尝不是文学家修养要素之一?"丰子恺的《物语》刊于1936年7

月1日《宇宙风》第20期,后收入1937年1月开明书店初版《缘缘堂再笔》。此文别致,文中"缘缘堂主人"冥想种植葡萄南瓜和养鸽养猫的种种好处,对家养的黑猫尽力追捕老鼠大为赞扬。"它的捕鼠非为一己口腹之欲,全为我家除害。故终日终夜皇皇然,唯恐老鼠伤害了我家的一草一木。它仰起头,竖起尾巴,向我'咪呜,咪呜'地叫了。这神气多么威武,这声音又多么柔媚!"没想到黑猫的回答却是"那老头儿以为我在这里为他驱鼠,谬赞我服务忠诚","我们都是受命于天而长育于地的平等的生物,应该各正性命,不相侵犯。……但我们自认吃鱼吃老鼠不讳,态度是坦白的"。丰子恺爱猫养猫很有名,后来还写过《白象》《阿咪》等妙文,《物语》大概是他最早的写猫之文,却一直鲜有人关注。

正是丰子恺这篇《物语》,引发了林语堂翻译赫胥黎,他在《小引》中说得很清楚:"看了丰先生的文章,使我动起兴趣,翻译这篇幽默精深之论。"当然,林语堂也借题发挥,借丰子恺文提出"把文学整个黜为政治之附庸,我是无条件反对的,这也是基于文学的见解，无可如何的一桩事"。同时他更提醒道："我愿大家不要看不起小猫，只要你的心虚，你的眼细，可以从这小动物得到极大的教训。赫胥黎（《天演论》作者之孙）此篇原名 Sermons in Cats，意思是猫身上所含蓄的演讲，劝你要做文人，先买一对猫，话似离奇，然而人生本来是如此离奇变幻的。"

赫胥黎一定是位爱猫人，他观察猫的生活如此细致入微，文笔又那么幽默风趣，再加林语堂的译笔也十分生动了得，真可谓珠联璧合。不妨节录《猫与文学》之一小段加以体会：

> 我看那只母猫在空闺踯躅无聊，才深觉这层的悲惨的真理。"我的命真苦啊！我的命真苦啊！"她一直啼诉。而她最善表情的尾巴在空中摇摇曳曳，表示无聊，绝望。但是每回尾巴一动，嘣噔！蓦地由椅下，由书架后，由随便她在的地方，闪出她的孤儿（只有这一只我们没有送人），像一只具体而微的小老虎，跳跃伸爪要抓他母亲的尾巴。有时他扑个空，有时给他抓着

了,用牙咬住了尾巴的尖尾,作出种种的形相,跟这尾巴恶作剧。他的母亲得用死力一摔,才能把尾巴从他口中摔出来。然后他又回去安乐椅,蹲下作势,后腿摇颤,预备再作一试。这条尾巴,这条可歌可泣,善于诉苦的尾巴,是小猫最不能不玩而不可不玩的玩物。母亲待他的慈悲温存,就可比观世音菩萨。一句也不骂他,一下也不打他;儿子太骄恣了,她只躲开,如此而已。

2021年2月7日

林语堂与老舍的声音

耽读现代作家的作品久了,读其书想见其人,应是人之常情。但生非同代,恨不相逢,只能退而求其次,想看到他们当年的镜头,听到他们留下的声音,也应是人之常情。因此,前几年徐志摩访日时留下的默片录像就令我惊艳,而鲁迅与张爱玲,既没有留下录像,也没有留下声音,令人遗憾之至。

日前友人发我一段林语堂1971年在台北答记者问的录像,很有趣,两人问答录音照录如下:

> 问:我们都知道您抽烟,您也抽旱烟烟斗,您一天抽几包烟呢?

答：我刚刚在宴会上吃饭的时候，烟斗不方便。我凡是行的，不是睡觉，总是抽烟斗，是要抽烟的。所以说人生里最大的享受，你要尽了兴才能抽烟。你要是接客、宴会、跟朋友说话，这烟就灭了。说明你是沉思一种，你慢慢的自己讲步骤，看出这个东西最好，对我个人是最大的享受。哈哈哈。

林语堂的录像我是第一次看到，林语堂说话的声音，我也是第一次听到，甚感亲切。林语堂这段答问脱口而出，不假思索，却那么自然而自在。他的话乡音不重，已经是76岁的老人了，吐字仍很清楚，说话时手执烟斗，洒脱地辅以必要的手势，颇为生动。而他说的正是他平生最大的嗜好：抽烟。现代文学史上有两位抽烟特别出名的，一位是鲁迅，另一位就是林语堂。只不过鲁迅抽纸烟，林语堂喜烟斗而已。但鲁迅没有专门写过抽烟，林语堂却是一篇接一篇，《话牛津》《吸烟与教育》《纸烟考》《我的戒烟》等，创办《论语》时还特别标榜"不戒癖好"，也"并不劝人戒烟"(《论语社同仁戒条》)。直到晚年忆与鲁迅交往,也不忘加上一句:"一口牙齿,给香烟熏得暗黄。"(林语堂:《无所不谈合集(下)·忆鲁迅》)

无独有偶,日前又听到林语堂的朋友、林创办《论语》《人间世》《宇宙风》的主要作者老舍的一段录音,系 1966 年 1 月日本 NHK 记者到京采访老舍时所录,很可能是老舍生前最后一次谈话的录音。我也是第一次听到老舍的声音,一口京片子,听起来很舒服,也很亲切,实在是一种享受。

老舍这次答问时间长,内容也丰富,涉及 1949 年以后北京的风土人情,老舍自己的文学创作历程和今后的打算等等,历时二十多分钟,说得很实在,这里不可能详录。好在已有"学人 Scholar"的记录整理(虽然与录音不无出入),不妨摘出可独立的一段以见一斑。当记者问"老舍先生过去的小说在日本介绍时说是富于幽默"时,老舍的回答是这样的:

> 关于风格上,以前写的东西嘛,有一些幽默的地方。这个嘛,像刚才说的,人民虽然很苦,

但还是有对将来抱有希望的一种幽默。在另一方面，它也是一种啼笑皆非的幽默，一种苦笑，不知是哭好啊，还是笑好。假如以后可能写小说的话，我那种幽默就是要从心里发出来的笑声了，而不是啼笑皆非的笑声。

万分痛惜的是，时间已经不允许老舍再写小说，再从心里发出幽默的笑声了。七个月后，老舍遭到残酷批斗，被迫自沉于北京太平湖，成为中国当代文学史上一件触目惊心的惨案。

数十年后，我在上海接连听到两位现代文学大师的声音，不能不说是一件幸运的事。

2022 年 6 月 19 日

新发现的《小问题》

1937年2月20日,上海《时事新报》副刊《青光》以头篇的显著位置发表署名"傅雷"的随笔《小问题》一文。当时已有文名的翻译家傅雷此前已在《时事新报》各种副刊上发表了《关于乔治·萧伯讷的戏剧》(1932年2月17日《时事新报·欢迎萧伯讷来华纪念专号》)、《现代法国文艺思潮》(1932年10月30日、11月6日、11月13日连载于《时事新报·星期学灯》)、《现代青年的烦闷》(1933年1月1日《时事新报》新年特刊)等文(均已收入《傅雷著译全书》),可见翻译家傅雷一直是《时事新报》的作者,那么,写《小问题》的傅雷无疑也是翻译家傅雷莫

属。《小问题》不长,照录如下:

无论何国的语言文字,外来语的引用是免不了的,有时竟是必须的;例如一切新发明的机械名称和专门术语。但外来文法或风格的引用并非免不了的,更非必须的。Radio与Telephone是世界通用的名词,但英文的文法与风格决非世界通用的文法与风格。

然而即是外来语的接受也是有限制的,因为语言文字有一种特殊的弹性:除了迫不得已的时候,它还是要把外来语在它的模型里重铸一过的。就是无可改造的地名,在有些国家的文字中还要涂上一层本地风光的色彩。例如伦敦(London)在法文里变做龙特尔(Londres),巴黎(Paris)在意大利文里变做巴黎琪(Parigi)。照时行的说法,这可说是语言文字的天然防御力。

因此,中国文字虽在近六十年中容纳了不少外来语,但Radio并未照读音称为雷电华而称为无线电,德律风三字在上海人口中也慢慢地变成电话。

可怪的是,现代一般青年不曾见到这些简单的事实;他们甚至盲目地引用外来文法和外来风格。引用的时候既非因为本国文无法表白某种抽象的理论,也不是因为他所引用的外来文法或风格能够加强他的表现力。更可怪的是:这种引用时常出现于最时髦的文字中,而这外来的文法或风格又是他们称为"我们的敌人"的文法和风格。

这是一个"哀莫大于心死"的问题。

傅雷以文学翻译为己任,而翻译中经常要碰到一个问题,就是如何在中译中处理外来语。他在《小问题》中举了两个很有代表性的例子,一是 Radio 并未音译"雷电华"而意译为无线电,另一是 Telephone 从音译德律风而变为意译电话。其实相反的例子也举不胜举。Sofa 就一直音译为沙发,Jeep 也一直音译为吉普。Coca Cola 译为可口可乐,则是音译和意译完美的结合。由此可见，傅雷在此文中提出的"问题"不是"小问题"，而是一个值得研讨的"大问题"。傅雷认为外来语的接受是有"限制"的，因为语言文字有"特殊的弹性"，在更多的时候，"它还是要把外来语在它的模型里重铸一过"。至于外来文法和外来风格应该如何在翻译中恰如其分地体现，更是兹事体大，见仁见智。然而，傅雷在文中毫不客气地告诫年青人，不能"盲目地引用外来文法和外来风格"，是颇有启发的，直到八十五年后的今天，仍然具有强烈的现实意义。

迄今搜集最为完备的《傅雷著译全书》（共二十六卷）2018年4月由上海远东出版社初版。四年来，傅雷著译佚文又陆续有所发现，《小问题》是最新的一篇，不能不令人欣喜也。

2022年3月13日

傅雷译《文明》

不久前,一位爱藏书的朋友持来一册傅雷译《文明》,1947年5月上海南国出版社初版,毛边本。他要我在此书扉页题词,却之不恭,就写了如下一段话:

》《文明》是法国作家杜哈曼写战争与死亡的小说集,傅雷先生一九四二年翻译,五年后修订出版。傅雷历来重视自己译著的装帧,但其早期译著毛边本稀见,这册《文明》是毛边本,极为难得。

我这样写，当然是有理由的。与鲁迅一样，傅雷一直重视自己著译的装帧，有自己的追求。我以前多次介绍过他翻译的罗曼·罗兰著《贝多芬传》，初版本就不仅有平装和精装，还有用普通西报纸、重磅毛道林纸和上等加拿大报纸印的多种。他翻译的另一部罗曼·罗兰名著《约翰·克利斯多夫》，也有用圣经纸印的特制本。而这本《文明》有毛边本，我也是首次见到，很可能是傅雷早期著译中唯一的一种毛边本。

杜哈曼（Georges Duhamel，1884—1966）本来是医科博士，后从事文学创作，以反映一次大战的三部战争小说而成名。其中第二部即《文明》，收入十六篇从不同角度描写战争无比残酷、死亡随时降临的短篇。此书荣获1918年龚古尔奖，畅销一时。但在傅雷翻译的众多法国文学名著中，《文明》并不特别引人注目。不过，傅雷初译《文明》时，正值二次大战方酣之际，他显然有所寄托。傅雷在《译者弁言》中强调：

> 这样的一部战争小说集，简直是血肉淋漓的

死的哲学。……《文明》所描写的死亡，纵是最丑恶的场面，也有一股圣洁的香味。但这德性并不是死亡的，而是垂死的人类的。就是这圣洁的香味格外激发了生命的意义。《文明》描写死亡，实在是为驳斥死亡，否定死亡。

《文明》出版以后，不像傅雷其他著译如《高老头》《约翰·克利斯多夫》等曾多次重印。直到1956年10月，才由作家出版社重印，版权页上印作"重印第1版"，还特地加上一行说明："这个译本曾于1947年在上海出版，这次用旧纸型重印。"我所藏这个《文明》重印本还是傅雷的旧藏，扉页右下角钤有"傅雷印"阴文章。

这次重印大概是傅雷好友、时任人民文学出版社（作家出版社）副社长楼适夷促成的。只不过除了所谓"用旧纸型重印"，还是有两处重要变动。一是删去初版扉页反面的一行致谢词："本书封面由庞薰琹先生装帧，特此致谢。"二是删去书前《作者略传》的最后一段话：

他的思想是中庸的人文主义，在现代法国作家中偏于保守的一派。他反对机械文明，反对把人类的感情与感觉灭绝，而成为机械式的千篇一律的动物。为了"美国化"问题，他曾在一九三〇年代掀起热烈的论战。

尚不知删去这段话是傅雷本人所为，还是编辑所为，编辑所删的可能性或更大。从此这段话就在《文明》译本中消失了。以至后来的《傅雷全集》（2002年12月辽宁教育出版社初版）和《傅雷著译全书》（2018年4月上海远东出版社初版）所收的《文明》译本中也都没有了这段话，都受了作家出版社版《文明》的误导。所以有必要在此指出，以期引起研究者注意。

与杜哈曼殁于1966年一样，傅雷也于1966年离开了人世。然而，杜哈曼是正常死亡，傅雷是非正常死亡，这也是必须指出的。

2021年5月30日

新见傅雷致刘英伦函

虽然《傅雷著译全书》早已问世,傅雷文字仍有遗珠之憾。2021年西泠印社秋拍会上出现一通傅雷致刘英伦函,不能不使人意外惊喜。

刘英伦是著名画家刘海粟长女。傅雷与刘海粟本是知交,刘1929年到法国,结识在法留学的傅雷,傅雷教刘法语口语,并常替刘当口译。傅雷结束留学,又与刘同船回国。到沪后即在刘任校长的上海美术专科学校执教,曾为刘之画集撰序。但1936年画家张弦亡故,傅雷认定张弦"受美专剥削,抑郁而死",故"与刘海粟决裂,以此绝交二十年"。(《傅雷自述》)现存傅雷书信中并无致刘海粟信,也就可想而知。

然而，这通傅雷致刘英伦函写于 1956 年 2 月 9 日，证明 1956 年时傅刘两家已恢复了友谊。此信写得亲切具体，作为长辈，傅对刘长女身体和成长的关心充溢字里行间，也不失风趣幽默，照录如下：

亲爱的孩子：

一个多星期以来，老想给你写封信，不料忙得头昏脑胀，毫无办法。我说头昏脑胀，并不是形容过甚，而是确有其事。在外面连日开会，回家还有客人；客人走了，还得准备发言稿，弄到十二点，接着几天不睡午觉，便头痛起来。因此更佩服那些忙人，有那末好的体力与精神，应付四面八方，甚至应付八面十六方！我一向躲在家里，这一次连去开四天会，就把正常工作完全丢了，人的精神也不济了，头脑也不能集中了，真是未老先衰之象！

前接来信，又在会场碰到你爹爹，知道你体温纪录始终保持，太高兴了。但愿从此一帆风顺，一天比一天壮健。可是自己还得小心，不要略微好了些，便在饮食寒暖方面大意。

心里真想和你谈谈这次开会的感想，可惜没时间。爹爹过了年要去江西。我也可能去，正在打听交通工具的情况。我的腰酸是无论如何不能在火车上坐一夜的。就是这一点把我"将"军"将"住，不容易到处跑。换句话，倘使上海到□□要在车上"坐"通宵，我□□去的。

□□□，我还是会抽空来□你的，只是想和你单独谈□□怕不大有机会。

伯伯 二月九日

候候

妈咪！问胡六安好！

会场上颇有些小新闻，好玩的事，但只能和你当面谈。而那些好玩的事，爹爹不一定会发觉，所以不一定会告诉你们的。

此信钢笔书于对折信笺，对折处已断裂漫漶，故最后两段中有缺字和残字无法辨认，只能以□代之。

（我的辨识与拍卖图录略有不同，信中第一次出现的"爹爹"，图录误作"爸爸"，沪语"爹爹"即爸爸）但破损程度并不严重，不至于影响对全信的理解。

傅雷在信中对刘英伦说"在会场碰到你爹爹"（即刘海粟）交谈，可见他与刘的关系已经改善。而信中说"这一次连去开四天会"，还"准备发言稿"，当指傅雷1956年2月初参加上海市政协第一届第六次常委扩大会议，而且在会上两次发言。1956年大年初一是2月12日，信中说："爹爹（仍指刘海粟）过了年要去江西"，落款"二月九日"，时间上完全吻合。信中又说"我也可能去"，后傅雷果然于2月17日"随政协代表团赴江西景德镇一带慰问参观访问"。（均引自傅敏、罗新璋编：《傅雷年谱》）由此又可证实傅雷当时的行止，也很难得。

2021年10月31日

赵元任养猫

20世纪中国杰出的语言学家、音乐家、翻译家赵元任(1892—1982),与钱锺书、季羡林等他的后辈学者一样,也是爱猫人。在他二女儿赵新那与女婿黄培云合编的《赵元任年谱》(1998年12月商务印书馆初版)中有许多关于他养猫的记载。这在一般的作家学者年谱中极少见。

《年谱》书前的众多照片中有一张颇为显眼,正在书桌上英文打字机前写作的赵元任全神贯注,书桌一角有一只小猫,正放松地注视着他,文字说明:"父亲很爱猫,书桌上总有一只猫。"这张照片应摄于赵元任1963年下半年在美国加州大学退休前后。

赵元任对猫的喜爱也许可以追溯到他的童年时代。他在晚年所写的《中国话的读物》中回忆道："我记得清清楚楚的我四岁（阴历算法）住在磁州的时候，有个佣人抱着我在祖父的衙门大门口，满街摆的都是卖瓷器的摊子，瓷猫、瓷狗、瓷枕头、瓷鼓——现在一闭眼睛——哪怕就不闭眼睛——磁州的那些瓷器，好像就在眼前一样。"1922年1月，商务印书馆出版赵元任翻译的英国卡罗尔著长篇童话《阿丽思漫游奇境记》，一纸风行，书中就有多处写到调皮可爱的猫。

更有趣的是，按照《年谱》记载，赵元任夫人杨步伟1945年6月开始撰写《一个女人的自传》，同时由赵译成英文，不料"元任并没有一字一句地按原稿翻译，往往加进自己的意思，为此难免有不少争吵。例如元任一向非常喜欢猫，在翻译纽海文时期的一段，夫人嫌英译中描述猫的篇幅太多，很生气，说如果不改她就不再写了"。结果想必是赵元任让步了事。

在加州大学执教时，赵元任养了一只名为Huttier的小猫，很可能就是照片中的那只，十分宠爱。1962年6月21日赵外出讲学前，"将小猫Huttier送柏克莱狗猫医院寄存（每次长期外出都要送去寄宿）"。同年9月30日赵元任日记又云："有个小黑猫，我叫它Whattington，来跟我们的Huttier玩儿。"赵新那为此加了个注："有一本著名的故事书讲Dick Whittington和他的猫，猫的名字可能由此而来。后来又把Whittington改叫Whattington，因为猫是花（wha花）的缘故。"

1963年《年谱》中有一条关于猫的记载值得注意：

> 元任一向喜欢猫，日记经常有关于猫的记载。2—4月的日记有"送小猫Huttier住医院"，"Huttier的'小朋友'Whattington也到家里来睡"，"Huttier脚瘸又送医院打针治疗"，"晚上打一个盹儿，Huttier和Whattington两只猫打架玩儿把我打醒了"等。

赵元任其时已是七十一岁的老人，还是那么关爱

小猫。此后《年谱》中未再写到他与猫,直到 1965 年又有如下记载:

> 7月9日,Bosson 家送元任家两只猫,元任给它们取名叫 Lacquier 和 Whattier。家里又有猫了,当然高兴,但事情多了不少。日记载"猫玩耍得太厉害了,不得不把它们放到厨房里";"晚上我又打了一个盹儿,Lacquier 和 Whattier 睡在我身上";"晚上打了一个盹儿,起来找猫进来,一点半才睡";"Whattier 和 Lacquier 在书房里打架闹得我没能午睡"。

赵新那又加了个注:"据说父亲根据猫的毛色取的名字,花猫叫 Whattier;毛亮似漆(lacquer)的猫叫 Lacqiuer。这是父亲养的最后两只猫。"赵元任家的猫一定生活得很开心。不过赵元任的日记篇幅浩大,将来全部翻译出版,除了《年谱》中已经披露的之外,想必还会发现许多他与猫的趣事。

2021 年 3 月 7 日

新文学蓝印本

蓝印本，本是古籍中的称谓。明清雕版印书，一书雕版初成，先以蓝色或红色试印若干部，待校订无误，再墨色印行。久而久之，也有专印蓝印本或红印本行世的，尤以词集为多。无论红印本还是蓝印本，均因印书稀少，历来为藏书家所珍视。

民国以后，铅印书也时有蓝印本。手头就有一本天津民俗学家姚灵犀编校的《未刻珍品丛传》蓝印本（1936年1月姚灵犀自印本）。那么，新文学勃兴以后，有没有印过蓝印本呢？

答案是肯定的。1926年6月北京朴社初版潘家洵译王尔德剧本《温德米尔夫人的扇子》就是蓝印本。此书从封面书名、作者名起,一直到书末的版权页,乃至"朴社新出版书籍"广告页,全部蓝印,是一本彻头彻尾的蓝印本。

潘家洵(1896—1989)是新文学初期有影响的翻译家,新潮社和文学研究会会员,以翻译丹麦戏剧大师易卜生的作品而著名。但他的成名作是这部王尔德的名著。此剧最早的中译出现在1918年底。1918年12月、1919年1月、3月《新青年》第5卷第6号、第6卷第1号和第3号连载了沈性仁翻译的王尔德的《遗扇记》,剧名译得像明清戏曲名。紧接着就是潘家洵的译本了。他翻译的"王尔德著"《扇误》比沈性仁译本晚三个月,于1919年3月刊于《新潮》第1卷第3号。剧名"扇误"当然是意译了,拙见比"遗扇记"要好。而七年后的《温德米尔夫人的扇子》是王尔德这部剧本的重译本,潘家洵在《译者小序》中交代得很清楚:

> 说到这个剧本,七年前沈性仁女士在《新青年》上头登过它的译文。同时我亦曾把它译登

《新潮》。两年前《东方杂志》又登载过洪深先生的改译本,各处剧团同学校用了洪先生的本子排演过多次,并且上海还演过原剧的电影片子。这个剧本在国内既有这样丰富的历史,所以在这里我觉得没有详细介绍之必要。我想说的只有底下这一点意思,就是,有许多人以为 Wilde 的长处只是会说漂亮俏皮话,读他的剧本只是学说漂亮俏皮话,这个观念我以为是了解 Wilde 的一个大障碍。

至于我重译这个剧本的用意是因为我前次的译文疏忽草率得很,现在重新译过一遍,似乎觉得比从前的好些。这里头含着一点补过的意思。还有一层,我对于译书,不但一向没有那种"海内同志幸勿重译"的主张,并且以为只要自己感觉着有需要或者兴趣,就是一个人把同样的一本书重译一次,或者甚至于几次,亦不是完全没有意思的事情。

有意思的是,潘家洵这个重译本直译剧名为"温德米尔夫人的扇子"。他在序中提到的洪深的改译本名《少奶奶的扇子》，比他的重译本提早两年，于1924年1月起连载于《东方杂志》第21卷第2至第5号。洪深的剧名译得更为通俗易懂，《少奶奶的扇子》曾多次搬上舞台。潘家洵主张译书可重译，不仅一部书可多人重译，一个译者也可多次重译。至于沈性仁、潘家洵、洪深三位译者四个王尔德译本，孰优孰劣，则要待专家仔细比较探讨了。

不管怎样，潘译《温德米尔夫人的扇子》的蓝印本是颇为难得的，虽然它与古籍中的蓝印本不能等量齐观。新文学中还有没有其他蓝印本？不敢遽下结论，但这部蓝印本实可宝爱。

2022年2月13日

《青年界》申请复刊登记书

最近见到一份"上海市报纸杂志通讯社申请登记书",共四页,为《青年界》月刊申请复刊而填。《青年界》"遵照上海市报纸杂志通讯社登记暂行办法之规定,开具下列事项,申请登记。此致上海市军事管制委员会"。填表时间为"中华民国卅八年六月十七日",也即1949年6月17日。上海市于1949年5月27日为中国人民解放军解放,因此,这份表格是上海政权易手二十天之后,《青年界》主办人李小峰向相关主管部门提交的复刊申请。

这项登记并不简单。李小峰填写了如下内容:《青年界》"类别"综合性中学生刊物;"刊期"月刊;

"每期字数"六万字;"发行范围及地区"为全国;"发行数量"两千份;"社会组织"附属于北新书局;"资本数目"由北新书局出资办理;"经济来源"北新书局;"兼营事业"无。还有发行所和印刷所的名称、地址、电话等,应有尽有。

作为该刊"总负责人",李小峰如实填写了自己的"简历"。从中可知他是北新书局总经理,北京大学哲学士。"过去职业"填了"始终从事出版界(业)","过去政治主张""现在政治主张"两栏都填了"民主"两字,"政治经历"填了"未参加政治","党派团体关系"填了"无党派关系",都颇有意思。

李小峰1924年在北京创办北新书局,三年后迁往上海。北新的地位举足轻重,鲁迅自《呐喊》起至《三闲集》以及《两地书》等一系列著作都在北新出版,周作人、郁达夫、冰心……的著作也大都由北新推出,有名的《语丝》周刊也一直由北新发行。可以这样说,如果缺了北新,中国现代文学出版史是写不成的。

登记书中,"编辑人及经理人简历"栏填写了

"北新书局总编辑"赵景深,赵的"政治主张(过去与现在)"也都填了"民主"。登记书最后一页填写了北新"过去负责人、主要编辑与经理人员"石民(病故)、袁家骅和姜亮夫的简历。

从登记书所填可知,李小峰1931年3月创办《青年界》,抗战前销量"由三千份逐渐发达至一万二千份"。1937年8月起,因"抗战而停刊八年半,至胜利时方复刊",至1949年1月因"邮路不通,发行困难","出至6卷5号时停刊"。最后申请:"近因上海解放,各地邮区可通,故拟筹备复刊","一俟登记获准,即行复刊"。

不过,李小峰说《青年界》为"综合性中学生读物"并不确切。自创刊起,《青年界》固然几乎每期都有中学自然科学知识的介绍,但更多的是文史哲,在该刊上亮相的文坛翘楚、学界名流不计其数。鲁迅为之撰写了《忆刘半农君》等名文,胡适、宋春舫、王统照、汪静之、顾颉刚、废名、凌叔华、巴金、沈从文、老舍、戴望舒、施蛰存、穆时英……都是该刊作者,周作人、郁达夫、朱湘等更是经常撰稿人。单就作者阵容而言，《青年界》已有现代文学史上的大半壁江山了。

可惜《青年界》填交的这份登记书并未奏效，该刊最终未能复刊。这自然跟新政权接管上海新闻出版的理念有关，当时填写了登记书申请复刊的杂志没有一种获得批准。时隔七十多年，在我的建议下，《青年界》将由上海书店出版社全部影印重版，也算是对历史的一种追认吧。

2021 年 12 月 26 日

图书在版编目(CIP)数据

梅川千字文 / 陈子善著. 一 南京：南京大学出版社，2023.3
ISBN 978-7-305-26368-2

Ⅰ.①梅… Ⅱ.①陈… Ⅲ.①中国文学－现代文学－文学研究－文集 Ⅳ.①I206.6-53

中国版本图书馆 CIP 数据核字(2022)第 236843 号

出版发行	南京大学出版社
社　　址	南京市汉口路22号　邮　编　210093
出 版 人	金鑫荣
书　　名	梅川千字文
著　　者	陈子善
责任编辑	陈　卓
书籍设计	周伟伟
印　　刷	南京爱德印刷有限公司
开　　本	787×1092　1/32　印张 11.5　字数 170 千
版　　次	2023 年 3 月第 1 版　2023 年 3 月第 1 次印刷
ISBN	978-7-305-26368-2
定　　价	58.00 元

电子邮箱　Press@NjupCo.com
网　　址　http://www.njupco.com
官方微博　http://weibo.com/njupco
官方微信　njupress
销售热线　025-83594756

版权所有，侵权必究
凡购买南大版图书，如有印装质量问题，请与所购图书销售部门联系调换